有妳沒有我的世界。

君がいて僕はいない

救贖系青春作家

くらゆいあゆ
倉結　歩

緋華璃——譯

目次

楔子

我一心一意地祈禱，祈禱能過上普通的日子。

平凡無奇、一成不變，可是很穩定，歲月靜好。

小學六年級的冬天，我心心念念地只想過上這樣的日子。

中學入學考試卻迫在眉睫。

◇◇◇◇◇

「我回來了。」

我乒乒乓乓地踩著屋齡五十年、長滿紅色鐵鏽的外梯上樓，輕輕推開位於二樓的家門，小小聲地說。

「嗯，阿城，你回來啦。」

這間屋子的格局只有兩個房間，推開門就能將整間屋子一覽無遺。睡在後面房間裡的惠理扭頭望向這邊，撐開眼皮回答。

「抱歉，吵醒妳了嗎？」

「不要緊，我還沒睡。別忘了便當喔。還有，吃完早上的豬肉湯再出門，雖然湯裡沒有肉。」

「知道啦，早上吃過了。晚安，惠理。」

「那就好。」

惠理的全名叫作添槙惠理子，二十九歲。大家都以爲她是我姊姊，但她其實是我媽，我的親生母親。

惠理手腳並用地抱緊棉被，再次進入夢鄉。念念有詞的嘴唇豐盈飽滿、紅茶色的鬈髮充滿光澤，在頭上形成柔柔亮亮的天使光環；睡姿仍然跟學生沒兩樣，怎麼看都稱不上優雅。雖然是我自己的母親，但我也覺得她年齡看起來實在不像二十有九。

我放下補習班規定的書包，吃著惠理子爲我做的無肉版豬肉湯。

「呸！」

早上已經吃過一次了，所以心裡已有準備，但還是忍不住差點吐出來。這種事雖然常發生，但我還是難以習慣。

惠理天快亮時才腳步虛浮地回到家，靠著意志力爲我做了豬肉湯和便當，然後只沖個澡就倒在床上昏睡過去。豬肉湯不曉得搞錯什麼調味料，大概是加了砂糖吧。倒也不是不能下嚥，只是需要一點毅力才能吞下去。

喝完豬肉湯，我把放在矮桌上的便當塞進補習班規定的書包裡，站了起來。我直到剛才都還在圖書館的自修室裡讀書，先回來家裡吃過簡單的晚飯，接下來就要去補習班了。

學校還在放寒假，全日本都處於過年的氣氛當中，我上的榮明補習班卻已經開始正月特訓了，所有人都必須參加。

「我出門了，惠理。」

我以氣音小聲說著，但惠理還是聽見了，從睡夢中回答：

「阿城，加油。」

「包在我身上。」

我揹上書包，盡可能不發出任何聲音地開門走出去。今天是正月特訓的最後一天，而在那之後，有一場略與平常不同的活動正等著我。

夜色已然籠罩大地。我站在破公寓的紅褐色鐵走廊上，雙手握拳，夾緊腋下，手肘彎曲九十度，用力地往後拉，擺出一個小小的勝利姿勢。

「好！上吧！」

我心情莫名地亢奮，三步併成兩步地跳著下樓梯。

「添槇同學這次數學考得好嗎？」

花辻緒都偷看我手裡的考卷，目不轉睛地盯著歪七扭八地寫著「添槇城太郎」幾個字旁邊的分數。

「進步了！可以說是我有史以來最好的成績。」

八個小學生，有男有女，正魚貫地從教室走向電梯。我們這群人是爲了考國中，一起去有名的榮明補習班小深川教室上課的戰友。

以A班的四個男生爲主，而綽號泡菜的同學再約上花辻緒都和感情很好的遠藤綾乃。緒都的雙胞胎妹妹花辻瑚都和她的朋友也來了。瑚都她們是C班的學生。

瑚都和緒都是一對「長得一樣可愛的雙胞胎」，是男生圈裡的風雲人物。

「你會解這個問題啊，添槇同學好厲害。」

「我自己也嚇一跳。」

緒都貌似尚未完全脫離學習模式，正專心核對我的答案，但我的注意力已逐漸被走在緒都身邊的瑚都吸引走。

不知爲什麼，我在意的是隔著兩個教室、在隔壁班的隔壁班上課的瑚都，而非同班的緒都。

瑚都和緒都是一對感情很好的姊妹花，一模一樣的齊肩髮型，便服的品味也差不多，有時甚至還會穿相同的衣服，而且兩人都是左撇子。絕大部分的男生都會一臉茫然地分不清誰是誰。

但我一眼就能分出來，說是特技也不爲過。

通常當我們A班一下課，妹妹瑚都就會同時揮著手走進教室說：「緒都，回家了！」她當時的笑臉和蹦蹦跳跳的模樣好可愛……我總是不小心看得入神，而且每每不經意對視時，心臟彷彿都快要跳出來。

瑚都偶爾會請假不去補習班，而她不來班上找緒都時，緒都就會跟遠藤綾乃她們一起回家。每次緒都在瑚都來找她前喊遠藤一起回家時，我的心臟都會明顯地感到枯萎凋零。

同樣的長相、同樣的髮型，服裝也大同小異。而我和花辻緒都甚至連在補習班都是同一班，而且我們是全補習班唯二的特待生（注）。

我們當然會特別注意對方，事實上，緒都就像現在這樣，會很在意我的答案。儘管如此，撩動我心的卻是緒都的雙胞胎妹妹瑚都。儘管我和瑚都在小學、補習班都不同班，甚至連話也沒說上過幾句。

然而她們的差別在我眼中一目了然，無庸置疑。兩人細微的小動作、高低差略顯不同的音調、說話時的動作手勢……全都不一樣。唯有瑚都具有微微一笑，就能讓周圍的氣氛幡然改變的魔力。

我反而很疑惑，姊妹倆明明差異這麼大，身邊的朋友們為什麼分不出來。

注 意指針對入學考試或在學成績優異者，得以免除部分或全部學費，或給予獎學金等特別待遇的學生。

今天大家約好要去新年參拜，順便祈求順利考上第一志願的學校。

距離補習班走路五分鐘的路程上，有一座很大的神社，也有人會從外地來此參拜，我們決定去那裡祈願。

補習班就在車站附近，而一走出去後，前方就是河流。這一帶到處都有河流經過，據說在江戶時代是以木材發跡的地區，爲了運送來自各地的木材，運河十分發達。這裡離海邊也很近，可以說是運河水鄉。

正因爲如此，這裡的橋也很多。從用好幾條鋼索自高聳主塔吊起來的現代化巨大吊橋，到橫跨在小溪上、圍欄低矮的橋，鎮上充斥著各式各樣的橋梁。

光是前往走路只要五分鐘的神社途中，我們就經過了兩座橋。造型古色古香的路燈在搖曳的水面上篩落柿子色的璀璨光芒，看起來美極了。

現在已經過了晚上八點，太陽早就下山了，但參道上仍爲前來新年參拜的客人點亮燈籠，照亮前方道路。兩側是滿滿並排的攤販，從食物到釣水球等遊戲一應俱全，自塑膠棚垂吊下的燈泡散發出溫暖的光線。

參道上人山人海，而比起參拜，八個飢腸轆轆的小六生首先衝向了章魚燒和大阪燒的攤販。

「喂！別走散了。現在是關鍵時期，走丟的人請自己回家，沒有人會去找你喔。」

古道熱腸、具有領袖風範的泡菜在一旁揮舞雙手，提醒著大家。

「大家都住在附近，就算走散也能自己回家，對吧？城。」

「沒錯。」

我回答友人石倉的問題。順帶一提，他口中的「城」是添槇城太郎的「城」字，也是我從小就有的外號。

參道上的人潮擠到摩肩接踵，如果各自在不同的攤販買東西吃，一不小心就很容易走散。

大家不約而同地確認彼此都吃完買來的章魚燒或大阪燒後，開始魚貫地移動到參拜的神殿。

我的視線習慣性地追著瑚都移動。瑚都走在最後面，不曉得被什麼攤販吸引了注意力，獨自小跑步地跑向另一邊。

我大吃一驚，連忙跟在瑚都後面。除了我以外，其他人好像都沒留意到瑚都跑離隊伍。

「花辻！」

「啊，添槙同學。」

瑚都反射性地轉過身來，喊著我的名字。這搞不好是她第一次喊我的名字也說不定。她知道我的名字啊……內心深處一陣熾熱。

「妳要去哪裡？離太遠會迷路喔。」

「嗯，謝謝你的關心。」

語聲未落，瑚都已經又轉過身去，往沙威瑪和釣水球的攤販間隙探頭探腦，回答得心不在焉。

「妳在看什麼？」

「那裡有一隻鴿子。就是那種會在婚禮現場放飛的雪白鴿子。牠腳一跛一跛的。」

「眞的嗎？」

「眞的。牠剛剛從這邊的空隙搖搖晃晃地走到那邊。看起來很乾淨，大概不是野生的，我猜一定是迷路的鴿子。」

瑚都一臉心不在焉的模樣，微微蹲低身子，在草叢裡到處尋找。不知不覺間，我們已經離朋友們很遠了。

「花辻，我們和大家走散了。」

「木村同學不是說走散的人就自己回家嗎？這裡離我家只有十分鐘的路程。」

「這倒是。」

沒想到她的個性還挺大膽的呢，眞是嶄新的發現，我覺得自己彷彿賺到了。

「我晚一點會傳ＬＩＮＥ報平安。」

「妳知道泡菜的ＬＩＮＥ啊？」
在這種狀況下，我關心的居然是這一點嗎？我捫心自問。
「不是，我是說傳給緒都。」
「哦，原來如此。」
為此鬆一口氣的我是怎麼了？
瑚都走在洶湧人潮中，注意力卻不看前面，一心放在左右兩邊的攤販後面，實在太令人放心不下。我緊跟在她後方，每當她撞到人，卻因滿腦子只有白鴿、道歉得心不在焉時，我只好趕緊畢恭畢敬地替她向被撞到的人賠不是。
「不見了……」
找了十分鐘左右後，瑚都終於站起來，開始伸展腰部，然後走到參道的邊緣再走回來，從那裡轉進巷子裡。那條巷子很窄，人煙也很稀少，連攤販都少得可憐。
「會不會是妳看錯了？」

「不可能，我絕對沒看錯。鴿子的身體歪一邊，所以不只腳，可能連翅膀也受傷了，飛不起來。那樣會被烏鴉抓住的。」

「這樣啊……咦？」

我踮起腳尖。草叢後面的小徑上有家攤販，好像是在賣木雕觀音像還是什麼東西，總之是完全跟不上流行的商品。我望向攤販對面的方向，不禁全身愣住。

「怎麼了？」

「花辻，該不會是那個吧？」

找到鴿子的興奮情緒，讓我情不自禁地連續拍了好幾下瑚都的肩膀。

「什麼！哪裡？」

看到瑚都爲了往上看而踮起的腳尖，近得幾乎要頂到我的腳尖時，我嚇得往後退了一大步。

「那裡，那個攤販靠近這側的地方！距離有點遠，看不太清楚就是了。」

我指著前方。

門可羅雀的攤販內側，有個老爺爺坐在椅子上，類似白鴿的影子就棲在他的膝蓋上。而老闆另有其人，正遠遠地站在老爺爺後方。

「嗯……我想應該沒錯，可是距離這麼遠……」

瑚都鑽出巷子，回到大馬路上，打算從那裡取道，好更靠近攤販後面的羊腸小徑。拜這條完全沒有人煙的小徑所賜，只要踮起腳尖，就能看見攤販後方。之所以沒有人，則是因爲巷子入口拉著封鎖線。前面大概有什麼工程，所以禁止一般人進入。

「花辻！」

瑚都毫不猶豫地跨越封鎖線。

眞是的，這個人也太隨心所欲了。無奈之餘，我只好也跟著跨了過去。我們都知道萬一被發現會挨罵，所以皆放低重心，屏住呼吸，盡可能躡手躡腳地走向我發現的攤販。

畢竟是年久失修、禁止閒雜人等進入的場所，不像參道那樣被打掃得乾乾淨淨，而是積滿了落葉，都快鋪成地毯了，踩上去軟綿綿的。幸好順著這條路掛的燈籠還亮著，不至於暗到伸手不見五指。

「眞拿妳沒辦法。」

「只要鑽進這裡，就能繞到草叢的正後方了。」

廢墟般的神社外低低地圍著禁止進入的繩索，是不能進去的地方中，最不能進去的場域。

瑚都跨過繩索，頭也不回地鑽進用石頭圍起格柵——好像是叫玉垣來著——的神社裡。裡頭滿地落葉，到處長滿了生命力旺盛的雜草。

「花辻，等等我！」

偌大的神社腹地內，到處林立著稱之爲攝末社的小型神社，這裡也是其中之一，而且相較之下算是比較大的攝末社。大概就是因爲太過老舊，所以才得圍起來等著改建或整修。如今雖然破敗頹圮，但是麻雀雖小，五臟俱全，仍保留拜殿及手水舍（注），算是有模有樣的小型神社。

拜殿的左側靠近人聲鼎沸的參道，長滿了茂密的大樹，而樹枝擋住燈籠原本就很微弱的光線，導致這邊十分昏暗。雖然離水泄不通的人潮不遠，但是一個女孩子獨自待在此處也絕不安全，就像晴空亂流那樣有潛在危險。

因此我跟著她跨過繩索，進入神的領域。

「好黑……什麼都看不見。不過你是對的，確實是那隻鴿子沒錯。」

「真的嗎？太好了。」

瑚都和我都站直了身體，踮起腳尖，望向草叢的另一邊。我們觀察坐在攤販後面的老爺爺，確定真的有隻白鴿蹲在他的膝蓋上。

白鴿將下巴擱在老爺爺的膝蓋上，看起來很舒服的樣子，怎麼看都是老爺爺飼養的鴿子。

「既然有人養，那我就放心了。」

「說得也是，話說時間……」

我看了一下手錶。已經過了三十分鐘，想必大家早就參拜完了。

「話說回來，這裡是哪裡啊？」

原本滿腦子只有鴿子的瑚都不再踮腳，轉而開始東張西望。

「這裡是離參道有一大段距離，而且禁止進入的地方。」

因爲已經走進僻靜的小徑裡，再加上四周蓊鬱茂密的樹林，感覺和參拜客的喧囂與燈光離得好遙遠。

「原來如此。有點懶得再去找大家會合，我傳個簡訊告訴緒都各自回家好了。雖然現在說這些有點太晚，但實在對大家不好意思。」

「就是說啊，大家肯定都在找我們。」

瑚都拿出手機開始打字。闖進禁止進入的神社一事對她來說，似乎不是什

注 蓋在日本神社或寺廟前的涼亭，設置有石造洗手槽，供參拜者洗手漱口之用。

麼了不起的大事。

傳完訊息後，瑚都面向我說：

「我剛才只顧著找鴿子沒有注意到，謝謝你一路跟著我。所以呢，你有什麼打算？要回去找木村同學他們嗎？」

「不了，妳也不回去吧？」

「嗯，既然大多是A班的人，少了我也無妨。反正我更像是緒都的跟屁蟲。木村同學也說過，走散的人就自己回家。」

「因爲大家都住在附近嘛。可是也有C班的人啊，妳不用跟她一起回去嗎？」

「你是指由里嗎？我不是經常蹺掉補習班的課嗎，所以跟大家的感情其實也沒那麼好。與我相較起來，由里跟遠藤同學的交情更好，你大可放心。由里和遠藤同學其實是同一所小學的同學。」

太幸運了！拜殿前的鐘聲就像爲了祝賀我的幸運，在我的腦子裡叮鈴噹啷地響個不停。

我不好意思請瑚都幫我傳簡訊給泡菜，說我不回去了。沒有手機這事實在太糗，瑚都可能也不想讓大家知道她和我在一起——腦海中同時掠過這兩個念頭。泡菜抱歉了啊。

「雖然老舊，但這座拜殿也很漂亮，乾脆在這裡參拜吧。」

「也好。」

「可惜周圍已經傾倒得亂七八糟了。」

拜殿的右側到後面沒有形成玉垣的石柱，看起來很不自然。有的已經倒塌，有的則是支離破碎地散落一地。

「對呀，所以才禁止進入吧。」

瑚都泰然自若地走向小巧的手水舍洗手、漱口。印象中好像還有什麼特別的流程，但我完全想不起來。瑚都或許知道，所以動作相當行雲流水，十分流暢。

「妳好厲害啊，居然知道這些流程。」

「我只是隨便弄弄。以前和家人一起去新年參拜的時候，媽媽教過我，可惜我轉過頭就忘了。畢竟我們家好幾年才去新年參拜一次。」

「這樣啊。」

惠理肯定啥也不知道。我腦海中浮現出母親的臉龐。

「一起參拜吧。」

「嗯。」

在這座沒有旁人、顯然得改建的拜殿裡，我們將零錢投入香油箱，正經八百地雙手合十。再過不久就要考試了。需要祈禱的只有這件事。可是當我抬起頭來，瑚都仍虔誠地合攏雙手，低著頭好長一段時間。黑暗中，燈籠與若隱若現的月光照亮她認眞的側臉，讓她整個人顯得尊貴而不可侵犯。

「要……要不要去那裡坐坐？」

瑚都完成漫長的祈禱後，好不容易抬起臉，但六神似乎尚未完全歸位。我指著玉垣的一角問她。那裡有條大樹的樹根，樹根纏繞住玉垣的底座，剛好可以容納兩個人坐著。

瑚都這才恍然回過神來看著我。

種在拜殿左側角落的樹木枝葉扶疏，甚至遮擋掉樹下的微弱燈光，使得四周圍一片昏暗，一時間不容易發現。

「也好。」

瑚都爽快地走過去坐下，率性的程度看得我兩眼驚訝發直。拜她的豪爽所賜，我也自然地坐在她旁邊。樹根纏繞著低矮的底座，形成天然板凳，我們兩人並肩坐在上頭，距離近到幾乎能碰到彼此置於身旁的手。

我與她如今單獨待在這方小小的神域裡。禁止進入的區域，想當然耳就是不能踏入之地。明知如此，內心卻充滿不想退到玉垣外的心情，唯有心臟宛若冒著熱氣；而這感覺非常奇妙，徹底淹沒了我，更令我百思不得其解。

我確實很在意這個女孩，也覺得她很可愛，但我們根本從未好好說過話。

後來，我才發現自己硬生生地嚥了一口口水。

「這裡真有情調，充滿了神社的氣氛。」

瑚都對我半點興趣也沒有，因此一點也不緊張地說著。這樣反而令我冷靜下來，也就自然地脫口而出內心的想法。

「嗯？什麼意思？」

瑚都扭頭看向後面的玉垣，回答我。

「刻在這根柱子上的紅字。」

形成玉垣的每一根粗大的石柱上都刻有人名，紅色文字隱隱約約地浮現在從遠處的攤販及燈籠透出的燈光裡。

「這個人叫杉山美織，這個人叫杉山伊織。」

「大概是有捐錢的人名吧。我認識這兩個人喔，是我們家附近有錢的大媽。以那個歲數而言，還真是青春洋溢的名字。」

「這兩個人是雙胞胎嗎？」

「好像是。」

「我就知道。」

「花辻家的瑚都和緒都也只差一個字呢，差一點就同名同姓了。」

「沒錯。因爲我爸媽認爲雙胞胎就應該取差不多的名字。就像完全不認識這兩位伊織小姐和美織小姐的人，也能從名字一看就知道她們是雙胞胎。問題是，被陌生人知道這樣的資訊會高興嗎？」

「天曉得，不過……嗯，說得也是。經妳這麼一說，確實也有人會這麼想吧。」

瑚都說得相當激動，我被她的氣勢壓制住。我平常沒想過這種事，自己也沒有雙胞胎兄弟，所以不太明白該怎麼回答才是正確答案。

瑚都和緒都看起來感情那麼好，怎麼會有這樣的疑問？這個發現令我無所適從。從她帶著情緒的語氣裡不難聽出，她似乎對自己的名字跟緒都只差一字頗有微詞。

「花辻……瑚都不喜歡名字跟緒都差不多嗎？我看妳們感情很好啊，好到令旁人羨慕的地步。因為我是獨生子……」

「我們的感情很好喔，感覺緒都簡直是『另一個我』，我根本不能想像生活中沒有緒都的人生，可是……」

瑚都說到這裡，欲言又止。她側著頭，聳聳肩，姣好的側臉浮現在幾乎要融進黑暗中消失不見的燈光裡，看上去有幾分寂寥。

「可是什麼？」

「沒什麼。」

「說嘛。妳不知道話如果只說一半，願望將無法實現嗎？」

「什麼？」

「而且這裡是神明的地盤，神明在看喔。剛才妳應該有向神明許願，希望能考上第一志願的學校吧？這樣會實現不了喔。」

「欸——在這麼敏感的時期，別說那種不吉利的謊話騙我啦。」

「我沒騙妳，話之所以說一半，不就是因為想說、希望有人聽見嗎？別擔心，我有一種特異體質，只要妳要我別說出去，我的嘴巴就會消失。」

瑚都噗哧一聲笑出來，用力拍打身下的樹根，動作極為誇張地笑得前俯後仰。身為男生，我實在感謝她這麼容易就能被逗笑。

「什麼鬼！」

「我的意思是說，我的口風很緊。」

「原來如此。我的煩惱倒也沒有那麼嚴重，沒到不想讓別人知道的地步……」

「煩惱？」

「啊！呃，不是啦，也還不到煩惱的地步……該怎麼說呢，唉我的語彙真貧乏，所以國語的成績才時好時壞。嗯，這種心情該怎麼用一句話形容才好……」

下意識地冒出「煩惱」兩字，瑚都與緒都是雙胞胎這件事令她煩惱嗎？

「就算是口不擇言，說出來也比較輕鬆。」

「口不擇言……這是什麼成語？」

「意思是指把話說得很難聽。」

瑚都垂頭喪氣地低著腦袋，深深地嘆了一口氣。

「我想起來了，正月特訓的時候明明才學過的。添槙同學，你好聰明啊，簡直是成語天才！難怪本區只有你和緒都是特待生。」

「本區只有我們兩個嗎？我還以爲是補習班只有我們兩個。」

「你想想看嘛，長相、體型、就連名字都一模一樣的雙胞胎，啊，瑚都和緒都只差了一個字，其他都一樣。就像石柱上的這兩個人，只有一個字的發音和國字不同。」

瑚都揹著補習班規定的書包，輕快地轉身，輕輕撫摸雕刻著紅字的柱子。那兩根刻著杉山美織和杉山伊織的石柱，正相親相愛地並排在一起。

「這麼說來，妳們確實像是同一個模子印出來的。」

而神奇的是，我只覺得瑚都可愛。

「而且感情也很好喔。緒都無疑是這個世界上我最喜歡的人，可是我們的能力差太多了，這點令我很苦惱。」

「能力？」

「緒都在Ａ班，而且是本區唯二的特待生之一。可是我在Ｃ班，還經常向補習班和學校請假，令爸媽和老師傷透腦筋。既然經常請假，應該有更多時間可以讀書，可是我的成績卻毫無起色。」

「妳是這麼想的啊？」

還以爲這對雙胞胎過得無憂無慮，沒想到瑚都竟有這樣的煩惱。我們的補習班在全國各地都有分院，確實是依能力分班。小深川校舍將國小六年級分成Ａ、Ｂ、Ｃ、Ｄ四班，瑚都所屬的Ｃ班是從上數下來第三個等級。

「唉，我怎麼會說出這種話來呢，眞想問問神明。」

「花辻，上次分班那天妳沒來吧？也沒來考試對嗎？」

我想和瑚都同班。瑚都的名字偶爾會出現在全國模擬考的國語成績榜單上，因此她的成績其實不算太差，所以是其他科目全軍覆沒嗎？不對，上次考試那天，瑚都沒來A班找姊姊，緒都是和遠藤他們一起回去的。難不成瑚都根本沒參加考試？

「咦，你怎麼知道？我確實經常沒來考試。」

「是身體不舒服嗎？」

「不是。只是一想到要考試就提不起勁來，不想去而已。」

「原來如此。」

「添槇同學是優等生，大概無法理解我的心情吧。而且我的雙胞胎姊姊還是A班的特待生……外表明明像得幾乎分不出來，能力卻天差地別。我老是害爸媽為我操心。」

「這樣啊。可是至少妳還有自覺，知道讓爸媽操心了。」

腦海中浮現出我媽那張無可救藥的臉。

「或許我沒有被生下來比較好吧。」

「……」

五雷轟頂般的衝擊從頭頂貫穿到腳底。

儘管如此，我仍下意識地開始想著得說點什麼來打圓場，可是腦袋裡的詞彙庫卻一片空白，只能像隻金魚似地，嘴巴吶吶地一張一闔。

「世界上不需要兩個如此相像的人吧？一個就夠了吧？我是多餘的吧？」

「才、才不是這樣，沒有那種事。」

我的聲線顫抖。這時一定要發出有生以來最有說服力的音量才行，可是此刻我的聲音卻是有生以來最小的一次。

要是我沒有被生下來就好了。

我的內心深處告訴我，這句話絕對不能說出口，連想都不能想。我下意識地避開這句話，蓋上蓋子、貼上封條，可是它卻已深深烙印在我的體內，揮之不去。

這個人怎能如此輕易，就像玩拋接球遊戲那樣，在聊天時不經易地說出這句話？要是我也能這麼瀟脫，心靈大概會輕鬆不少。

「抱歉呀，添槇同學，我今天有點怪怪的。像你這麼有才華的人，聽到這種話也只會覺得很困擾吧，我眞是吃錯藥了。」

「沒有這回事。」

「但我還是要強調一下，千萬別誤會喔。因爲不僅緒都，我連跟爸媽或朋友都沒說過這種話。大概是今天用功過頭，腦子壞掉了。也可能是這個地方搞的鬼，這裡就像人間與另一個世界的交界處。」

瑚都一口氣倒水似地說到這裡。

假如瑚都說的是眞心話，或許不該簡簡單單就跳過這麼沉重的話題。

「別這麼說，是我要妳說的。」

「嚇到你了吧。今天明明這麼開心，我卻有點多愁善感。」

「我沒有被嚇到啦，或許每個人都有過這個疑問。」

「你也有過嗎？」

「……」

我沉默了下來，瑚都於是慢條斯理地打算站起身。

「我好渴，想去買點什麼來喝。」

「我也是。」

我不假思索地用力抓住瑚都前臂正中央那一帶，把她拉回來。正要站起來的瑚都被我拉回來，一屁股坐回原來的地方。

「咦……？」

「我也有過同樣的心情。」

「這樣啊。嗯，謝謝你。」

瑚都臉上寫著大大的不相信，但仍對我露出類似感謝的笑容。她大概認爲我這句話是在安慰她。

「我眞的有！眞的想過！可是我說不出口，所以從來沒有說過。我不敢說……所以一直硬生生地壓抑在心底。」

我的表情無比眞切，令瑚都驚訝地瞠大雙眼。過了好一會兒，她才小聲地喃喃自語：

「添槇同學，你爲什麼會這麼想？」

「……」

瑚都見我緊緊地將嘴唇抿成一條線，察覺到我並不想說，所以也沒再追問，把話題拉回自己身上。

「我也是第一次說出口，真的。」

「承認了會很輕鬆吧。感覺如釋重負。」

「對呀。」

在那之後，我們兩個都沒再說話，可是瀰漫在我們之間的氣氛卻不是尷尬的沉默。至少我不覺得尷尬。真不可思議。剛剛闖進玉垣時，我緊張得不得了，如今卻覺得這陣沉默很舒服。我同意瑚都剛才說的那句「這裡就像人間與另一個世界的交界處」，感覺我們可以把所有對自己不利的事，都推給是這座破敗頹圮、形同廢墟的攝末社在作祟。

「哇！你看那邊！」

瑚都突然抬起頭來，抓住我軍大衣外套的肩膀部分，用力地使勁猛拽。

「哪邊？」

「天空！」

「咦？」

我抬頭仰望天空，夜空漆黑如墨，繁星點點。

這裡是禁止進入的區域內最深處，離攤販一盞接著一盞的燈光相當遠。

那些電燈大概是用統一的開關，就連玉垣前面的小徑也掛著燈籠。好幾顆燈泡都破了，但沒人處理，所以有的亮，有的不亮，光線只夠我們勉強看見彼此的臉龐。

或許正因如此，天上的星光看得一清二楚。雖說看得清楚，但大概也只能看見特別亮的一等星。

「是獵戶座！」

我看著瑚都抬頭仰望星空的澄澈眼眸，腦海中浮現異想天開的念頭。如果整個視線範圍都是天空，肯定很浪漫吧。

我脫下軍大衣外套，兩條袖子內側的部分都破了，不過在這麼黑的天色下，應該看不見縫補過的痕跡。我盡可能把外套攤開在鋪滿落葉的地面上。幸好我買了大一號的尺碼，所以外套頓時化身為克難的墊子。

「如果躺在這上面，放眼望去就會是整片天空喔。來復習理科的星座分析吧。」

「什麼？」

不顧瑚都的疑惑，我仰躺在攤開的軍大衣旁，果然整片視野都是天空。

「好舒服啊！」

「可以嗎？這件大衣是為我鋪的嗎？」

「沒錯。添槙家的家訓就是要善待女孩子。」

「謝謝你，那我不客氣了。」

瑚都落落大方地跟我一樣仰躺在軍大衣上。

「原來在這樣的都市也能看見星星啊。」

「是不是？雖然很美，可惜只能看到一小部分。」

「是這樣嗎？」

「嗯。我媽娘家在英國蘇格蘭的鄉下，我小時候去過，感覺星星就像從空中灑落一地。我當時心想，這就是所謂的滿天星斗吧。」

「眞的假的！妳是混血兒？」

「不是啦，只有四分之一的英國血統。我媽是日本人和英國人的混血兒，在英國長大。」

「是噢。」

「這不重要。我很喜歡星星，對星座還挺了解的喔。」

「我沒想過自己喜不喜歡星星，但我也很擅長星座問題喔。」

「那來比賽！看誰先找到冬季大三角。」

「那是獵戶座的參宿四吧？」

「那顆是不是天狼星？」

我和瑚都各自指著夜空，七嘴八舌地討論得相當熱烈，彼此都不再觸碰應不應該被生下來的話題。

眼前是一片璀璨生輝的夜空，瑚都的體溫和聲音感覺離我無比靠近，我甚至陷入了只有我們獨自飄浮在空無一人夜空中的錯覺。樹葉迎風搖曳的聲音時而響起的鳥囀。從遠方傳來參拜客的喧囂。

連時間感都變得好模糊。心靈彷彿擺脫所有的束縛，無與倫比地輕鬆。我衷心祈求，但願唯有玉垣中的時間能永遠停留。我甚至覺得，如果是在這有如結界的空間裡，說不定真能實現這願望。

只可惜，這種事不可能真的發生。

我看了看不曉得是抽什麼獎抽中的手錶，時間剛過晚上九點。

我知道相較於男生，女生的父母肯定對此擔心死了。

「花辻，九點多了，該回家了。」

我坐起上半身。

「已經這麼晚了？」

瑚都也坐起來，從背包裡拿出手機確認時間。

「沒騙妳吧？我是男生，家裡管得不嚴，所以就算晚點回家，家裡也不會說什麼，但妳再不回去不行吧？」

「欸——我很久沒跟朋友聊天聊到忘記時間了，很開心呢。再多聊一會兒嘛。」

「可是妳爸媽會生氣吧？而且萬一在這個關鍵時候感冒就糟了。」

「再一小時！」

瑚都以搞笑的動作轉向我，擺出懇求的表情，在嘴唇的前面豎起一根手指。飄逸的髮絲在寒冬凜冽的風中輕柔飛揚，輕輕地纏繞著豎起的手指。

不知名的情緒宛如漣漪，靜靜拍打著我的胸口，令我感到無比清醒。至今不曾感受過的情緒揪住我的心臟，隱隱作痛。這種感覺到底是什麼？

我很清楚。我也沒有誤會。瑚都清清楚楚地說她「很久沒有這麼開心過了」。不是因爲我，而是因爲很久沒這麼開心了。

清楚歸清楚，但是從瑚都嘴裡說出來的「很開心呢」，對我仍有強大的殺傷力，令我無法不顧她的意願說要回家。

大考前的寒冬。一月的晚上九點過後。氣溫說不定已經接近零度。即便如此，我們仍再度躺回落葉與軍大衣外套上，繼續聊著天。我用大衣外套將瑚都嚴嚴實實地包成一隻蓑衣蟲。實在做夢也沒想到，當初故意買大一號的外套竟會以這種方式派上用場。

希望讓瑚都了解原原本本的我——這個心願如此強烈。

將來想從事穩定的工作；和喜歡的女孩結婚、組織平凡的家庭；老婆可以做她想做的事，嚴格卻又不失寵溺地好好教育自己的孩子……如果是瑚都，我可以一五一十地告訴她這種一點都不像小學生會有的夢想，沒有夢想的夢想。

還有，我沒吃過壽喜燒；去畢業旅行的時候，會不假思索地把擺在桌上的蛋打在白飯上，攪成雞蛋拌飯吃掉，害周圍的朋友全都看得啞口無言；以爲牛小排蓋飯是在白飯上撒洋芋片（注）；超喜歡打電動，希望將來的工作能與製作遊戲有關；和媽媽感情很好；想加入地方棒球隊……

如果是瑚都，我什麼話都說得出口。

瑚都認眞地聽我說，眼神專注到反而是我有點不好意思了。

當我的話題告一段落，這次換瑚都熱切地說起自己的事。

雖然以目前的成績來說有很高的難度，但她想去讀明律學院附設中學。她說那所學校有爬滿了藤蔓的禮拜堂，有如古老童話書裡的世界，令她十分嚮往。

然後她也透露出意在言外的眞心話，像是和緒都的感情有多好，每次有親戚來家裡玩，她們都會故意打扮得一模一樣，害對方搞錯，再假裝生氣。緒都

注 加樂比（Calbee）洋芋片的發音與日文的牛小排雷同。

是最懂她的人。但也因爲緒都太優秀了，令她苦惱不已。

我內心充滿了筆墨難以形容的幸福感，甚至覺得原本已注定、鋪好軌道的未來，頓時換上了妙不可言的明媚色彩。

不知過了多久，在被繩子圍起來、理論上誰也不會進來的小徑上，傳來有人踩在落葉上的腳步聲。

「好像有人來了。」

「警衛嗎？應該不會進神社查看，別出聲就好了。」

「嗯。」

暗示彼此不要發出聲音後，瑚都和我就像木偶一樣僵硬，一動也不動。

偏偏就在這個節骨眼，瑚都的手機響了起來。

「慘了！肯定是我爸媽。」

瑚都翻找著放手機的背包，想要關掉手機鈴聲。

「是誰？誰在那裡？……喂！」

「花辻！」

我站起來，把抓住瑚都的手拉她起身，另一手則撈起鋪在地上的軍大衣外套和補習班書包。

「快逃！」

「嗯！」

瑚都的動作也沒有半點遲疑，手裡拿著自己的背包。

「喂！給我站住！」

來者穿著神官的衣服，想必是神社的人。

我們跌跌撞撞地繞到拜殿後面，這裡幾乎沒有石柱，有的話也都傾倒了。

我抓著瑚都的手，衝進茂密的草叢裡。草叢裡有一條獸徑，要撥開草叢才能勉強前進，幾乎不可能有人發現。低矮的草叢還不到肩膀的高度，而爲了藏好行蹤，我們只好半蹲著前進。即使用手護著臉和身體，硬實的葉子仍是毫不留情地打在我們身上。

我緊緊地握著瑚都的手，在草木茂盛、連路都稱不上的路上橫衝直撞。

「擺脫他了。」

「太好了……」

草叢的盡頭是已經收拾完畢的攤販後方，瑚都心心念念的白鴿和抱著牠的老爺爺都已不見蹤影。我們穿過攤販，回到大馬路上。

或許因為我們還是小孩，才能鑽進那片草叢。剛才那個人並沒有追上來。

「太好了，直接混在人群裡回家吧。」

時間已晚，攤販幾乎都收光了，但神社附近的人潮還是絡繹不絕，喝醉的大人和看起來似乎不是什麼好東西的小哥們逕自吵鬧著。

可是都沒有像我們這樣的小學生，要是被抓去輔導可不是鬧著玩的。我仍緊緊抓住瑚都的手在參道上狂奔。人潮已經不再摩肩接踵，所以只要筆直地往前跑就行了。

從參道跑到大馬路上，再轉進只有路燈的巷子裡，我終於放開瑚都的手。

「抱歉。」

「抱歉什麼？」

「呃，沒經過妳同意就牽妳的手。」

「那你要負責喔！因為這可是我第一次跟男生牽手。」

「要怎麼負責？我也是第一次跟女生牽手，所以到底是誰要負責？」

聽到這裡，瑚都露出雪白的牙齒，哈哈大笑。笑聲嘹亮地迴盪在沒有其他人的夜路上。

「那就扯平吧。謝謝你，添槇同學。」

「嗯，這又是在謝什麼？」

「要是沒有你，要是你剛剛沒牽著我的手逃跑，我不知道會有什麼下場。所以謝謝你。」

「這樣啊。我很高興聽到妳這麼說。」

「嗯。」

「話說回來，眞的很開心。」

「嗯，眞的好開心，感覺就像自己變成了動畫電影裡的女主角呢。」

「就是說啊！」

瑚都笑了，我也笑出聲音來。

跟瑚都在一起，心裡有如小鹿亂撞、飄飄欲仙，感覺自己什麼事都辦得到，眼前突然出現了與過去截然不同、通往未來的門。

瑚都打電話回家報平安，似乎被罵得狗血淋頭。我以爲她爸媽會來接她，結果並沒有。

胸口隱隱作痛。我一直以爲「胸口隱隱作痛」只是一種形容，只會出現在小說裡，畢竟心情的變化不可能對人類的身體造成影響。直到這一刻我才明白，胸口眞的隱隱會痛。

夜路只憑著淡黃色的月光和路燈被照亮，筆直地延伸到瑚都家。我只能默默祈禱，祈禱這段路永遠走不到盡頭。

我原本只是有點在意瑚都，然而就在這短短的幾個小時裡，她變成我喜歡……最喜歡的女孩。

馬上就要開始升學考試了，不用再去補習。這麼一來，就讀不同小學的我和瑚都或許永遠再也見不到面。

幸好我們已經變成朋友，可以在分開前交換一下聯絡方式。考完試還會有金榜題名的慶祝會，到時大家應該會交換聯絡方式吧。

我跟大家不一樣，不管是智慧型還是智障型手機，我都沒有。上了國中也不會有。可是至少可以知道瑚都的電話號碼。畢竟我們已經建立起可以要電話的關係了。

雖然不同班，但是從明天起，我們每天還會去同一家補習班。然而分別的苦痛竟令人如此難受，我還是第一次體會到這種感覺。

我喜歡妳。天底下沒有人會笨到在這種關鍵時刻說出這句話。對瑚都而言，我只是一起共度幾個小時的存在。要是貿然說出口，她可能會覺得這傢伙很奇怪、頭腦有問題，是個危險人物吧。

還剩不到一個月要就要升學考試了，而且我們還是小學生。

不可能說出口。我從不知道，也從沒想過，勉強自己嚥下說不出口的「喜歡」兩個字，原來是如此痛苦的一件事。

等考完試再說吧。「喜歡」這兩個字已在我胸口成長得太過巨大，遲早會不聽使喚地脫口而出。

可是不要緊。

我可以把那天當成目標，努力到最後一刻。因爲從明天起，我們每天都還能在同一個補習班學習。因爲下次在走廊上遇到的時候，或者瑚都來教室找緒都的時候，我都能跟她說話。

所以不要緊。

現在只要陪她一起想該怎麼向她父母道歉，一起想搞到這麼晚才回家的理由就好。幸好我和緒都都是特待生，所以我建議瑚都，乾脆說是我教她功課教得太專心以致忘了時間，但瑚都堅持不讓我見她的父母。

可能是不想讓父母撞見她和男生一起回家，瑚都堅持在只差一步就可以看見她家的地方趕我回家。家家有本難唸的經，我只能尊重瑚都的想法，目送她揹著補習班書包的嬌小身影離我而去。

我喜歡妳。我的時鐘已朝向明天在補習班見到瑚都的那一瞬間，開始倒數計時。

然而，自新年參拜那夜一別後，我就再也沒見過瑚都。

瑚都從隔天就不來補習班了，緒都對我的態度也明顯變得冷淡生疏。隨著日子一天天過去，我完全無心準備考試。

不能再這樣下去，我對自己說，並鼓起勇氣問緒都，爲什麼瑚都沒來補習。緒都看也不看我的臉，只用冷若冰霜的語氣喃喃低語：「與你無關吧。」

我被逼得走投無路，只好去問值得信賴的補習班老師。老師教訓我說：「每個人都有自己的問題，你不是也有比別人更複雜的問題，只許成功，不許失敗嗎？」

沒錯。我也有非考上不可的理由。我的第一志願是安全範圍內的學校，身為特待生，不管是為了補習班，還是為了我自己，我一定得考上那所都立中學才行。於是，我最後將瑚都的身影鎖進內心深處，貼上封條。

成績揭曉，我如願地考上男女合校的都立綜合中學。

緒都也考上了最難考的私立女中。

不止瑚都，連緒都也沒有出席金榜題名的慶祝會。在慶祝會後，我才從緒都的朋友口中聽說了來龍去脈。她們大概是上榜後整個人放鬆下來，以及可能再也不會和我們這群人見面的輕鬆心態使然，促使她們不小心說溜嘴。

瑚都和大家去新年參拜的隔天就開始不舒服，病到下不了床，連考試都沒去考，所以只能就讀當地的國中。

瑚都本來就患有很嚴重的氣喘，經常沒辦法上學，體育課也通常只能在旁邊看，結果搞到被霸凌的地步。

瑚都在她們念的汐波小學裡，只跟不同班的姊姊緒都走得近，因此她一直想透過考試去不同學區的中學就讀。

瑚都那天說過：「我很久沒跟朋友聊天聊到忘記時間了，很開心呢。」

這句話的意思並不是因爲要準備考試，沒機會跟朋友聊天。不知從何時開始，瑚都不再跟朋友聊天了，所以才想去故鄉以外的地方念書，過不同的生活。

可是那天因爲跟我聊得太晚，聊到身體不舒服，結果連考試都沒辦法參加。

那天晚上很冷，我應該設想得更周全一點才對。即使瑚都的雙眼閃閃發光，臉頰泛紅地說自己很久沒跟朋友聊天，我也不該被『很開心』這句話迷得失了魂，應該恪遵考生的本分，果斷地結束對話並送她回家。事實上，其他同行的朋友都這麼做了。

都怪我欠缺冷靜的判斷力，害瑚都沒辦法參加考試。她在氣喘頻繁發作的情況下，仍努力準備考試，夢想能過上快樂的中學生活。

苦澀的後悔灼燒著我的五臟六腑。

◇◇◇◇◇

季節遞嬗，我從當時考上的綜合中學直升高中，再過不久就要畢業。

我和瑚都兩家就住在附近，所以自從瑚都上高中以後，我們曾在車站見過幾次面。瑚都從小就很可愛，升上高中後，更是長成我認識的女生裡最漂亮的一個。難得有機會見到她，也因爲她實在太耀眼，令我往往不敢直視。

我撞見過好幾次瑚都與緒都一起出現的畫面，她們還是長得一模一樣，而我也依舊能毫不費力地分清楚她們誰是誰。瑚都與不是瑚都的另一個人。這是我從小學以來對她們的區分與定義，從未改變過。

有時候，瑚都會出現在我發出聲音、她就能聽到的距離內，只可惜無論如何，我都不敢出聲喚她。光是視線不經意對到，我就會用不自然的光速別開臉。我忘不了。忘不了是我害瑚都沒能參加中學考試。我照原定計畫去考試，還考上第一志願的綜合中學，而瑚都卻無法去外地念她朝思暮想的志願，只能留在當地的學校，想必無法享受充實的校園生活吧。

話說回來，天曉得瑚都是不是還記得我。我只是一個她在跟誰都無法親密交談的時期，僅有一次藉由聊天以排解鬱悶，既不同校、補習班也不是同一班的男生，根本不在她的生活圈裡。我升上中學開始快速長高，到了能與瑚都在車站擦身而過的高中時，已經比小六時抽高將近三十公分，長相也變得不同了。

瑚都大概還記得那晚發生的事吧。記得同一家補習班裡，有個一點也不貼心、害自己無法參加考試的男生。但我猜她大概已經想不起那男生是誰，也沒有興趣想起來。

可是我在那之後，連一分一秒都沒有忘記過她。我忘不了瑚都那天晚上興高采烈的側臉，忘不了她因此失去通往未來的希望之門，忘不了是我害她失去通往未來的希望之門。

忘不了她出人意表的那句話。

要是我沒有被生下來就好了。

這句話儼然是一道詛咒，將我五花大綁束縛，並永遠縈繞在我的耳膜。永遠，永遠。

我無法原諒自己。

1

「Caesar，要我說幾次你才會記得，不要用保鮮膜！別那麼懶，把它移到有蓋子的容器裡。」

今天是小學的創校紀念日，不用上課的Caesar吃完我做的午飯後，正要把剩下的炒麵就這樣覆上保鮮膜，直接放進冰箱裡。

「可是Joe，Elie明明經常用保鮮膜，爲什麼我就不可以？」

「你在說什麼傻話，Elie再怎麼說也是我們家的支柱！她忙到三更半夜才回來，都已經累得不成人形了。而且唰地一聲撕開保鮮膜，對她而言也是一種消除壓力的方式。」

「不公平啊——」

「再說了，Elie用保鮮膜也不像你這麼浪費。她用的保鮮膜份量，最多只比容器的直徑再多一公分，兩側都完美地控制在五分釐以下。」

「……」

我站在狹窄的廚房流理台前，用力拍了下八歲小二生Caesar的腦袋，順帶瞪了他一眼。聽到添槇家成員的對話，幾乎所有人都會皺著眉頭多看兩眼。因爲我們三個不僅說了一口流暢的日文，長得也是不折不扣的日本人臉，跟外國人的長相八竿子都打不著，身形也是日本人的體型。實際上，我們也都是純粹的日本人。

問題是名字……Joe，也就是我本人，添槇城太郎，今年剛滿十八歲，而Joe是自從我有記憶以來，親朋好友都這麼叫我的小名。城太郎的音節太長了，所以簡稱城（Joe）。這張臉配上這個發音……請先不要急著吐槽，以綽號來說，這算是極其自然的由來吧。

重點是這個臭屁的小學生——Caesar。這可是他如假包換的本名，全名叫作高橋Caesar，國字寫成祭財愛（注），簡直是閃亮到不能再閃亮的名字。

「兩位早，我也起床了！唔……還好睏吶。玩《羅鑽》玩得太晚了。」

「妳給我差不多一點，都已經快中午了。妳今天不是要出門嗎？還不早點睡。」

「我只打算玩一下，沒想到回過神來已經過了三小時。」

她口中的「羅鑽」是《羅塞塔鑽石》的簡稱，Elie最近迷上這款在平行世界穿梭的角色扮演遊戲。

兩房一廳的公寓裡，我們的母親添槇惠理子推開蓋得不太好的毛玻璃拉門，揉著眼睛走進來。簡稱惠理（Elie）的她年方三十五歲，身上穿著成套的耐

注 祭財愛的平假名寫法為「しいざあ」，與凱薩（Caesar）的日文唸法相同。

吉運動服。

那件運動服是我小六畢業旅行時，惠理一時衝動買下，也是我們家唯一的名牌貨。我努力穿到國中二年級，直到再也穿不下爲止。

要是事先知道祭財愛兩年前會被帶來這間破公寓，這套運動服大概也不會變成惠理的睡衣，而是會被小心翼翼地保留到他長大時穿吧。

「惠理，城因爲保鮮膜的使用方法敲我的頭！」

祭財愛動不動就向溺愛他的惠理哭訴。

「哦，小祭，你聽我說，這保鮮膜啊，能不要用就不要用。用的時候最多只能比容器的直徑多一公分，兩側要控制在五公釐以下。」

「……」

「我就說吧。祭財愛，你也差不多該習慣這個家的規矩了。這一切都是爲了全家人的未來，爲了我和你都能找到穩定的工作，無論如何都要省著點用。」

「眞受不了，城爲什麼這麼熱愛穩定呢。愛看家計簿的男人不受歡迎喔。」

你才奇怪吧，我心想。一般看到這種古怪的家庭組成，想必都會無比嚮往穩定或平凡這種字眼。

「穩定第一、平凡第二，沒有中間值……夢想排最後。這是添槙家的口號喔，是阿城決定的。阿城很能幹吧。阿城是我的傑作，是我這輩子最引以為傲的作品。」

剛起床的惠理教訓祭財愛的樣子實在很好笑，逗得我笑出聲來。

「現在這樣不就很穩定了嗎。和惠理還有城一起玩遊戲真的好開心，我已經很滿足了。」

聽到祭財愛這句話，我內心一緊。才小二的祭財愛不僅沒有手機，連掌上型遊戲機也是我用過的。而且型號太舊了，連跟朋友連線都沒辦法。

就連足球也是撿人家丟在公園裡不要的，費盡千辛萬苦把洞補好，重新灌飽氣，勉勉強強湊和著用。

家庭用的電視遊樂器是惠理店裡的老闆娘淘汰不要的，雖然不是最新的機型，但也還算新。然而就算有機器，也玩不到朋友正在玩的最新遊戲。

即便如此，他還是說「我已經很滿足了」，不難想像他以前過的是什麼樣的生活。我好想緊緊地擁抱祭財愛。正因爲如此，我和他將來都一定要抓住穩定又平凡的幸福。這也是爲了讓惠理享福。

我將來想當高級公務員或進大銀行工作。只要捧住這兩個金飯碗，應該就能供祭財愛讀到高中畢業，讓他選擇他想做的事。我想告訴他，不管是私立的理工科大學，還是專科學校，甚至出國留學，都包在我身上。我希望他能擺脫這樣的生活，所以千萬不要冒險，拜託了。

就像我基於以穩定爲目標的想法，放棄了小學時嚮往製作遊戲的行業。

今天就是邁向穩定未來的第一步，揭曉答案的時刻正一分一秒地逼近……

這時，我突然注意到一件事，視線瞥向靠在牆邊、正張大嘴巴打哈欠的惠理身上。

「惠理，妳的時間還來得及嗎？今天不是要和朋友共進午餐……然後去店裡上班嗎？」

「討厭啦，人家今天向店裡請假了。不過再不準備出門不行了。今天要先跟眞子還有米田吃飯，然後去美容院。啊，別擔心，我會控制在零用錢的範圍之內。」

「這樣啊，那就好。」

「難得阿城會忘記家人的行程呢。明明平常都把我和小祭的行程滴水不漏地記在腦子裡，是添槙家的經紀人兼家庭主夫。」

「眞沒禮貌。」

「馬上就要成爲大學生了，是不是有點沉不住氣啊？上了大學以後，就能做一堆你最喜歡的遊戲模型了。」

「那叫程式設計啦。」

「管他叫什麼，反正都是玩樂。阿城的考試終於告一段落，我也很高興喔。畢竟你在準備考試的時候還是有點神經質，對不對啊，小祭？」

「對呀！」

「哪、哪有。」

我以爲沒有表現出來，沒想到還是被看穿了。惠理再怎麼懶洋洋地看似靠不住，畢竟還算是稱職的母親。

「惠理，妳大概幾點回來？我從阿吉家回來的時候，妳回到家了嗎？我們來玩《羅鑽》。」

祭財愛拉扯著惠理的袖子，進入耍賴模式。

「好吧，我盡量早點回來。你五點回來對吧？我會用最快的速度趕回來。」

我們家只有祭財愛的姓和其他人不一樣，但是沒有惠理就沒有他。我媽添槙惠理子十七歲時生下我，成了單親媽媽。我爸好像是電視圈的高層，想也知道十之八九是有老婆的人。惠理不准我提到他。

惠理在故鄉沖繩被星探看上，不顧父母大力反對，隻身前往東京，成爲偶像團體的一員並展開演藝活動。

惠理稱不上絕世美女，但也長了一張偶像臉，炯炯有神的大眼睛和眼睛底下的淚痣令人印象深刻。但她卻在剛有點名氣、演藝活動也開始上軌道的時候懷了我。

一個無依無靠、只有國中畢業的十七歲女生想生養小孩的話，大抵只能去當工時最短、薪水最多的陪酒小姐。於是惠理開始在一家大型夜總會工作。想也知道是不合法的。

當時很照顧她的前輩後來自己開店，惠理現在跟著那個人在神樂坂的夜總會上班。

祭財愛是惠理在前一家夜總會上班時，仰慕她的後輩獨自生下的男孩。兩年前，那個後輩將祭財愛託付給惠理後就消失了。祭財愛當時才六歲。

惠理因爲未婚生下我，比誰都了解後輩未婚生子的辛酸，因此她沒有報警，默默地把祭財愛帶回家養。

當時看到瘦成皮包骨，穿著袖子已過短的髒兮兮襯衫，眼神銳利得有如野貓的祭財愛，連我都能在他身上看到自己的影子。可是啊，他如果是眞的貓還好一點；考慮到我們家的經濟狀態，我當時當著雙手緊握、站在門口的惠理和祭財愛面前，忍不住深深嘆了一口氣。那年是我高中一年級的冬天。

只不過，我抗拒不了在祭財愛虛張聲勢的背後，那藏都藏不住的懇求。我最後牽起祭財愛沒被惠里握住的另一隻手，把他拉進屋子裡。惠理高呼萬歲，我警告她：「下不爲例喔！」這句話簡直像在警告撿流浪貓回家的小孩。

理惠的後輩也是在十七歲生下祭財愛，跟她一樣。孩子的爸爸也同樣消失得不見人影。

從此以後，我和惠理還有祭財愛開始一起生活。光是我們母子兩人，生活就已經捉襟見肘，更何況是三個人，而且還是食量正大的男孩子。但就算是這樣，也休想我就此認輸！我和祭財愛都會逆天改命，抓住穩定的未來！我今天也鬥志昂揚地握緊封面已經翹起來的家計簿。

「小祭，所以呢？你聽得懂我剛才說的話嗎？卡車很長，所以轉彎時會產生外輪差。在十字路口等紅綠燈的時候，如果站在轉角的前方，會被捲進卡車轉彎的後輪喔。」

短桌上有一張紙，紙上畫著難以理解的圖。大概是惠理畫的。祭財愛從矮桌對面拿起那張圖，歪著脖子，一下子拿成橫的、一下子拿成直的看。

「我猜這不是外輪差，而是內輪差吧。」

「眞的嗎？上次家長會提到最近這一帶有發生內輪差引起的車禍，提醒我們在家也要督促兒童注意。我已經照著說明一遍了，可是祭財愛……」

惠理愛很瞎操心，每次收到學校提醒有什麼可疑人物或車禍的通知時，都會不厭其煩地向祭財愛說明、要他小心，是很盡職的母親。雖然她說的話有很多辭不達意的部分。

「總之，要退到紅綠燈的後面等過馬路，祭財愛。」

我直接對被內輪差搞昏頭的祭財愛做出更具體的指示。

「惠理，妳幫祭財愛的馬拉松大賽通知書簽名蓋章了嗎？」

「欸……嗯……通知書上哪兒去了？什麼時候要交？」

「我的畢業謝師宴的問卷調查妳寄出去了嗎？」

「呃……？」

惠理的眼珠子斜斜地往右上方瞟，搔了搔髮旋。紅茶色的鬈髮纏成一團亂麻，髮尾亂翹，看來是昨天洗完頭沒吹乾就急著打電動，然後就這麼直接上床睡覺。

惠理再怎麼早回家也都凌晨三點了。一旦化妝、換上淺色的外出服，就成了楚楚可憐、以療癒氣質爲賣點的夜蝶。絕不是我偏心，她看起來眞的不到三十五歲。雖然年紀不小了，但還稱得上是美人胚子，可惜在家裡卻是這副邋遢的德性。

我從幼稚園起就學會了，如果不想因遲交任何東西而被老師罵，只能自己上緊發條。惠理的瞎操心只會對有生命危險的事物起作用。

媽媽快點！

惠理大人，拜託妳了，別再說「等一下」，現在就蓋章，現在！五號是最後一天，所以還不急……才怪！惠理。再拖下去妳遲早會忘記，別再給我惹麻煩了。算了，我自己來！

……如此這般，我對惠理的稱呼從媽媽到惠理大人，再變成惠理，如今已完全用惠理取代媽媽的稱謂。

「城，還有那張要不要我參加體操服跳蚤市場的問卷。我給你了吧？我的體操服已經太小件了。」

「呃……體操服跳蚤市場？」

對我們家而言，跳蚤市場是比什麼都重要的活動。要是忘了這麼重要的活動，會對家計造成相當重大的打擊。我的臉想必「唰！」地瞬間變白。

「怎麼？阿城居然會忘記跳蚤市場，太陽要打西邊出來了呢。」

「該不會是交了女朋友吧？所以腦子裡只剩下女朋友的事！耶～～女朋友、女朋友！」

「吵死了。」
我又一掌拍在祭財愛的腦門上。
「畢竟高中三年都沒交過女朋友，這種人可以說是危險動物了。」
「不是危險動物，是瀕危動物，傻瓜！」
「對呀，說句老實話，我也覺得是危險動物。這種年輕人才危險呢。最近的年輕人對談戀愛是多沒興趣啊，我實在很擔心啊！我在這個年紀都已經生下阿城了。」
妳才有問題好嗎！從另一個角度來說，妳才是危險動物！我原想反擊惠理，但是忘了跳蚤市場的打擊讓我陷入輕微的驚慌失措。
「以前是阿城做錯事，害我被叫去小學訓話，現在立場整個顛倒過來了。」
「有嗎？」
「就是小二的時候啊，阿城你曾經溜進木材廠玩。現在那家木材廠的後門根本不關，所以反而沒有人想進去了。」

「哦，是有這回事。」

惠理稀鬆平常的態度恨得我牙癢癢。

此外……我沒敢告訴惠理，這陣子我的模擬考考出了有史以來最低的分數。級任導師一直勸我參加外面舉辦的模擬考，說得口水都乾了。但我不想浪費那個錢，決定直接挑戰只能參加一次的大學入學中心考試，結果被考場的氣氛完全震懾住。我平常並非是那麼容易緊張的人，當時卻緊張到完全看不懂英文科的考題。

對完大學入學中心考試的答案後，我躲在家中狹小的廁所裡，捏緊了考古題，無聲啜泣。自從考上這所綜合中學，我從國一就一直孜孜不倦地努力到現在。以我們家的經濟狀況，根本不可能重考。無論是校內校外的模擬考，我都以一定能考上的國立大學爲目標……結果居然在大學入學中心考試滑鐵盧。

但是哭也沒有用，必須思考接下來的對策。

爲了得到穩定的未來，至少得考上還過得去的大學。幾經深思熟慮後，我相信第二次一定能挽回頹勢，提出還是報考同一所大學，但是換成申請偏差值（注1）較低的科系，同時也在國立大學後期測驗（注2）報考了同一所大學的同一個科系。然後，我在前期測驗落榜了。

一邊想著自己太扯了，一邊看著其他已經考上的人，我夜以繼日地拚命用功、準備後期考試。請容我再重申一遍，我鎖定的明明是一定能考上的大學，但自己卻懷疑是不是有什麼整人節目在等著我，每天過得毫無真實感。

我在惠理和祭財愛的面前努力保持平常心，但或許還是表現在態度上了。

第一志願的國立大學後期測驗。這是我最後的機會。今天就是放榜的日子。

我找出小學的馬拉松大賽和跳蚤市場的通知單，在兩張出席的欄位裡打圈、簽名蓋章，而謝師宴的問卷則是到處都找不到。到底要說幾遍才能讓這兩個人理解，平常不好好整理的話，就得浪費很多時間在找東西上。

我一腳踢開還在嘟嘟囔囔地抱怨「明明是你自己忘記」的兩人，走出了客廳。

我在這之後還有打工的行程。套上軍大衣外套後，我把鑰匙和錢包塞進口袋，做好隨時都能出門的準備。這麼一來就算等等情緒激動，也不會忘記東西。最後再把求神明保佑的戒指戴在右手無名指上。

「……原本不該是這樣的。我明明打算和惠理一起去看成績發布。」

我獨自坐在房間矮桌前，看著手中的手機。爲了提出報考大學的申請，我把傳統手機換成比較方便的智慧型手機。

手機連上網路後，我看到了大學及格榜單的網站。因爲掌心裡都是汗，手的觸感相當奇怪。或許是因爲如此，此刻手上的手機正微微顫抖、很難操控，

注 1 日本用來計算學力測驗的標準分數，依此判斷進入理想大學的可能性，基本上偏差值愈高愈難考。

注 2 日本升大學制度，首先要參加全國大學入學中心考試，再來報考各間大學的入學測驗；每間大學的考試日程大多分為前期和後期，前期測驗沒被錄取的學生，可報考不同學校的後期測驗。後期測驗是最後的報考機會，有時競爭比前期測驗更為激烈。

眞傷腦筋。

但還是得看！我爲自己加油打氣，在心中「看我的！」地大喊一聲，按下及格與否的欄位。我剛剛似乎無意識地緊閉上了雙眼，所以戰戰兢兢地睜開雙眼。

……

不及格。

不管我再怎麼找，把眼睛睜得再大，都無法從密密麻麻的號碼中找到我的准考證號碼。

……

怎麼會這樣。怎麼會……這樣。

自我有記憶開始，我就知道自己的母親比同儕的母親年輕許多，打扮和行爲舉止都不一樣。隨著年紀增長，除了發現我們家不太正常之外，也發現我們家很窮。

儘管如此，惠理爲了不讓我覺得自己比不上人家，凡是別家小孩有的東西，她就算拚了命也會買給我。像是全新的腳踏車或滑板車，這些各式各樣的室外玩具及流行的玩意兒。

小學四年級的生日時，惠理送我當時才剛上市、還沒人擁有的掌上型遊戲機。電視上每天都可以看到這款遊戲機因爲生產線供貨不及，物以稀爲貴的新聞。

惠理滿心期待能看到我燦爛的笑容，我卻無法正視她閃閃發光的雙眼。因爲以我當時的年紀，已經知道爲了買這款遊戲機，母親要多麼辛苦地把錢生出來。

當我發揮畢生的演技滿足惠理的期待後，從那天起，我就變了。我開始在意起貧富差距、獎學金應付而未付、下流老人等人間疾苦的新聞，從逐漸了解字面上的意思到深入了解其含義。我開始認眞思考我和惠理的未來。

爲了和惠理擺脫這種不安定的生活，年紀輕輕的我，只能爲了將來能賺取穩定的高薪而努力。

從那天起，我開始管理家裡所有的伙食費及娛樂費，以及惠理爲了討我歡心而一時衝動的消費，不讓她再買最新的遊戲機給我。我向惠理宣布，在不靠獎學金的情況下，我要去讀從家裡就能通勤的國立大學。

這點在祭財愛來我們家以後也沒有改變。家計確實變得更辛苦，幸好祭財愛還有惠理在我小四前買給我的玩具可以玩。只是狀況從兩人掙脫泥沼升級成三人掙脫泥沼罷了。

我對將來的指望，只有穩定與平凡這兩大目標。我想找一份穩定的工作，組織平凡的家庭，好讓自己的孩子能衣食無虞即可。難以想像這是小孩子會有的踏實希望。而這大概也是惠理未能實現的願望。

添槇家再加上高橋家的共通口號是穩定第一、平凡第二，沒有中間值，夢想排最後。

最後卻換來這個結果。我掌心裡的手機掉在榻榻米上。從小勤勤懇懇地一路走來、準備到現在，如今卻連第一道關卡都突破不了。

見鬼了。我該怎麼告訴惠理才好？我只讓惠理看過Ａ判定（注）的模擬考成績，爲了不讓她擔心，還曾讓她看過我遠比及格底線高出超多的考古題冊成績。所以她應該做夢也想不到我會落榜。

我低著頭，臉埋在雙手的掌心裡，全身動彈不得。我從未想過重考的可能性，也沒有錢補習。

我用功地準備考試，而且爲了謹愼起見甚至不敢冒險，依自己的實力選了一條最安全的路，鎖定絕對能考上的國立大學，結果卻落得如此下場。既然如此，就算選擇重考，明年說不定也會發生相同的慘劇。

注 日本學生在正式報考學校前，會先接受模擬測驗，藉此了解自己考上該校的可能性。成績通常分成Ａ、Ｂ、Ｃ、Ｄ、Ｅ五級，Ａ判定是幾乎一定能考上的意思。

爲了供我上大學，惠理和祭財愛已經過了好幾年縮衣節食的生活，我實在沒臉見他們。

陽光從座北朝南的窗戶透進來、慢慢移動，改變了衣櫃影子的形狀。我怔怔地盯著看，不知道時間過了多久。

或許是基於多年來的習慣，就連在這個節骨眼上，我的視線仍只對掛鐘的時針有反應。

得去打工了。我休息了一年準備考試。考完後期測驗那天，我就重新開始在超市的烘焙坊打工，也恢復送報的兼差。

冷不防地，眼簾映入大拇指處破了個小洞的襪子。好不容易做好萬全的準備，想說看完成績就可以去打工，這下又得換襪子嗎……

我把雙手撐在矮桌上，撐起身體。腰和腿都沒力了。

就連打開只有幾步之遙的衣櫃抽屜時，也絲毫沒有眞實感，活像被丟進一場大白天的惡夢中。

便宜衣櫃最下層的抽屜被喀啦喀啦地左右搖晃拉開，但也只能打開幾公分。唉……上面的衣物又卡在最裡面了。每次都要把五十公分的尺插進幾公分的空隙，勾出卡住的衣服後才能打開抽屜。

這麼小的衣櫃要塞進三人份的衣服，本來就太勉強了。

突然，一股凶暴的情緒宛如瞬間沸騰、噴湧而出的熱水般湧了上來。

我站起來，氣沖沖地踹了打不開的衣櫃一腳，發出好大一聲巨響。腳踝痛到讓我懷疑那裡該不會破了一個洞，而那陣衝擊從阿基里斯腱一路蔓延到膝蓋後側。衣櫃發出「嘰嘰嘎嘎」令人發毛的聲音。

「不會吧……」

邊邊角角的接縫出現了相當大的空隙。畢竟是只花三千日圓買的衣櫃，再這樣開開關關下去遲早會分解。

今天烘焙坊的打工要待到打烊……我邊嘆氣邊伸手輕輕扶住衣櫃最上層的抽屜。

我去打工不在家的時候，萬一祭財愛硬是要拉出抽屜，弄壞衣櫃時可能會受傷。爲了讓祭財愛和惠理方便洗澡，我一口氣拉出所有四層的抽屜，留下紙條寫說今天先這樣，等我回來再修。

衣櫃變得莫名寬鬆，平常總是嘰嘰歪歪、掙扎半天的抽屜，就這樣輕而易舉地被拉出來，眞是太諷刺了。第一層、第二層是惠理的內衣和外衣。我拉出平常與我無緣的最上層抽屜，放在榻榻米上。

把抽屜放在榻榻米上時，我不禁皺眉。一疊皺巴巴的紙從最裡面的內衣縫隙露出一角。敢情這傢伙就是害抽屜卡住的罪魁禍首。紙跟衣服不一樣，沒有彈性，一旦卡住就很難移開。

我取出那疊紙，拿起來一看，是本邊緣已經翹起的筆記本。它大概一直維持這種狀態被塞在抽屜裡。電影傳單和照片從筆記本裡掉出來，與塵埃一起在空氣中翩然起舞，散落在榻榻米上，發出刺鼻的霉味。

「這是什麼……」

我拾起一張照片，剎那間動彈不得。

照片裡，是間鋪著木頭地板、不知是舞蹈教室還是什麼場地的練習室，兩個年輕女孩站在兩個中年男人之間，看起來像是高中生。其中一個懷裡捧著花束、笑容滿面的女孩正是惠理。

到這裡還沒有問題。我知道惠理以前是偶像，所以大概是贏得什麼試鏡時拍的照片。我感到與有榮焉，但也就僅此而已，正打算把筆記本放回去。

就在那時，照片中站在惠理旁邊的女孩吸引了我的注意力。那女孩不是別人，正是目前最受歡迎的女明星——立樹百合乃。

這是怎麼回事？我將照片拿到眼前，仔細凝視到幾乎要看穿一個洞來。沒錯，捧著花的人是惠理，惠理跟現在幾乎沒什麼變。

一旁臉上毫不掩飾地掛著假笑的人，則是立樹百合乃。雖然現在的立樹百合乃比照片中的她美上好幾倍。

可是……可是我絕對沒有看錯，也絕沒有認錯人。因爲惠理的字在照片下方用油性筆斜斜地寫著「打敗立樹百合乃贏得主角！太棒了！」。這是什麼試鏡？應該是試鏡吧？怎麼看都是試鏡的感覺。

於是我再次屏氣凝神地盯著照片看。我好像見過其中一個男人，是電影導演興津什麼來著……是興津嗎？不管了，總之是很有名的導演。照片中的人模樣比現在年輕許多，所以我沒有把握，大概……不，絕對就是他。「打敗立樹百合乃贏得主角！」這段惠理的字體透露出溢於言表的喜悅。

立樹百合乃和興津某某導演。那一定是相當大製作的連續劇或電影的試鏡。這是什麼時候的照片？腦海中浮現出這個疑問的同時，照片下方有如螞蟻般細小的日期映入眼簾。

2000．5．19

我出生的八個月前。怎麼回事？惠理贏得的角色……是孕婦可以勝任的角色嗎？

我怔忡地望向散落一地的傳單和筆記本。看到手裡那部老電影的傳單，我心臟劇烈震盪起來。《玻璃森林》，就連對電影沒什麼概念的我，也聽過這部作品的大名。但相較於電影名稱，更令我跌破眼鏡的是女主角——上面掛的是立樹百合乃的名字。

照片中不是這部電影的試鏡嗎？贏得主角的不是惠理嗎？我在傳單上尋找上映日期。

是我出生的隔年。也就是說，最單純的想法是惠理發現自己懷了我，不得不退出演出的陣容。

我拿起筆記本，裡面的內容似乎是日記，寫了關於我出生的事。想知道眞相的心情遠遠凌駕了罪惡感，我根本無法控制自己。對不起，惠理。

我翻開日記。

……

……

日記裡的內容足以讓我的世界天翻地覆。

惠理在沖繩被星探發掘，來到東京當偶像。當初挖掘她的星探推薦她參加這部電影的試鏡。導演說她非常符合女主角的形象，因此惠理贏得這場據說原本幾乎已內定由立樹百合乃擔任女主角的試鏡。

後來，惠理得知自己懷上男友的孩子。我猜得沒錯，那傢伙果然有家室了。從日記裡只能看出對方同樣是演藝圈的人。就連在不打算讓任何人看到的日記裡，惠理也未寫下對方的名字。

後面的日記簡直不能看。

為什麼偏偏在這麼重要的時刻！

我不要這個孩子。

我想打掉。

誰來教教我怎樣才能流產？

惠理在綵排的時候跳激烈的舞蹈，因呼吸困難而昏倒。這大概是爲了流產而下意識採取的行爲。結果因爲先兆性流產住院，連續好幾天處於病危狀態，因此身邊的人都知道她懷孕了。

生下來吧。

惠理最後以這句話爲這本日記畫下句點。

她不想生下我。或許是無法與對方商量吧？從日記裡可以看出她必須自己做決定的徬徨無助。她想墮胎，卻沒有方法。不知是否因爲小有名氣，她不敢去婦產科，怕別人知道她懷孕的事。

她認爲流產是最後的手段，以爲只要從事激烈運動就好。惠理最後放棄墮胎，試圖作賤自己的身體，好讓自己流產，結果還是以失敗告終。

於是我誕生在這個世界上，而她也成了十七歲的單親媽媽。

那一瞬間，等於宣判了我從小看到大的世界都是一場騙局。

我以爲白色的顏色其實是黑色。我以爲天空的地方其實是地底。我以爲絕對不會背叛我的人，如今卻變成面目模糊的無臉存在。

我對「我愛家人、家人愛我」這一信念深信不疑，爲了保護我的家人，就算付出再多犧牲也在所不惜。如今我才知道，原來那個人非但不愛我，甚至對我恨之入骨。原來那個人懇切地希望我不要生下來。

如果沒有我，惠理現在說不定已是家喻戶曉的女演員，在演藝圈混得風生水起。很難想像性格那麼散漫的惠理能成爲大明星，但至少能主演那部著名的電影《玻璃森林》。

如果沒有我，母親或許就能成爲女演員一事令我大吃一驚。但就算沒發現這個事實，如果沒有我、只要沒有我的念頭，其實長久以來一直盤踞在我內心最深處。無論如何，我的誕生都是場意外。只要沒有我，惠理的命運應該會截然不同。

我想起小學六年級新年參拜的那天晚上。那名少女如此輕易地撕開我內心深處的封條。

長得一模一樣的雙胞胎姊姊太優秀，集所有人的期待於一身。有沒有自己都沒差吧。她舉重若輕地向我坦承這個煩惱，逼著我不得不直視自己內心深處也有相同的念頭。

花辻瑚都。如同被猝不及防捲起的灼熱龍捲風，從原本令我有點在意的存在，變成我的初戀。

然而我卻害她沒能參加中學的考試。

倘若那天我沒發現瑚都在找受傷的鴿子，她就不會和我聊到深夜才回家吧。她那有著氣喘宿疾的嬌小身軀，也就不會暴露在一月的刺骨寒風裡。因爲是瑚都，我才會去追上她。因爲我喜歡瑚都，才會發現她異於常人的舉動。

也就是說，如果我對瑚都沒有非分之想，她就能參加中學考試了。

被迫生下來的孩子。難不成我與生俱來就背負著害我所愛之人不幸的宿命？

因爲母親懷著我的時候，內心充滿的不是希望，而是絕望。因爲我是害母親不幸的罪魁禍首。

「我也不是自願出生在這種家庭裡……」

暴烈的情緒突然湧上內心。

我這輩子都在為錢操心，過著縮衣節食的生活。

國中制服、體育服、社團的夾克……都是別人穿過的二手貨。處於青春期的年齡，不可能不感到羞恥。

我從國一就加入羽毛球社，社員們升上高中後，通常會自然地繼續參加社團活動，以在比賽中獲勝為目標，只有我這個社長因為要開始打工，而不得不退出社團。天曉得我為此哭了多久。一想到祭財愛也必須經歷相同的抉擇，我胸口就痛苦得快要裂開。

我想當一個普通人。就連朋友們那些普通到不行的牢騷及不平，看在我眼中都顯得耀眼無比。正因為不是站在同一條起跑線上，我才更強烈渴望穩定的生活與平平凡凡的普通。

如果有一天，我有自己的小孩，我希望能送他整組最新型的遊戲機和他想要的遊戲軟體，想看到他發自內心而非裝出來的笑容。希望他不用擔心錢的問題，心無旁鶩地朝自己的夢想前進。

唯有將自己無法實現的願望，投射在心愛之人的身上才能得到幸福。世上有哪個高中生是以這種樸實無華的未來爲目標，無論颳風下雪都風雨無阻地打工送報？

體內的血液逐漸變成沉重的泥水。不是錯覺，如果眞的割開手腕，或許眞的會流出汩汩的泥水。我就是具泥人偶。沒有存在價値的泥人偶。

難怪我沒考上不可能考不上的大學。其實並非不可能考不上，而是身爲被迫生下來的小孩，考不上才是必然的命運。

如果我消失了，惠理大概會很開心吧。要是我不存在了，惠理大概會很高興吧。

我用左手轉動情緒低落時戴在右手的戒指。那是國中的羽毛球社輸掉東京都大賽，我決定退出社團時，和三年級的社員一起買的戒指。我轉動戒指，接著用拿在右手掌心裡的手機上網搜尋，但是毫無頭緒要搜尋什麼網站。

自己沒有生下來的世界。

自己不存在的世界。

另一個世界。

死後的世界。

結果搜尋到一大堆令人傻眼、感到「這是什麼鬼」的標題。原來有這麼多人對自己的存在充滿疑問啊。

Another World

霎時，我的視線停留在這個標題上。這是什麼網站？另一個世界？他界？聽起來不賴。我的腦袋昏昏沉沉，彷彿在充滿了負能量的漩渦裡載浮載沉，絲毫沒有抵拒的餘力。

不管了。我抱著自暴自棄的心情，受到這股神祕力量牽引，不顧一切地點開那個網站。

要是我沒有被生下來就好了。

2

我昏迷了多久？四下張望，發現自己正靠在陌生房間裡的一張床上。看起來是在一間老公寓裡，榻榻米上鋪著地毯，打造成西式的風格。牆上貼的不是壁紙，而是時下罕見的裸露灰泥牆，這點跟我家大同小異，然而光靠裝潢就能變得如此時髦，我不禁感到有些佩服。

房裡有不可能出現在我家的音響設備和薄型筆記型電腦，看起來很昂貴，給人「這應該就是年輕男生的房間吧」的印象。不同於我們家只有兩房卻硬生生地擠進三個人，這裡似乎一個房間是寢室，另一間則擺了電視和矮桌，被當成客廳使用，真是太有品味了。

如果有錢，我們家也能改造成這樣嗎？畢竟這間屋子貌似同樣只有兩房，以格局來說差不多。

到底發生了什麼事？我是在朋友家嗎？記憶彷彿蒙上一層薄霧……

我拍拍腦袋，試圖把記憶拍回來時，耳邊傳來開門的聲音。有個若非跟我同年、就是大我兩歲左右，個子小小的男生走了進來。高中生通常不會一個人住，所以應該是大學生吧。

四目相交之下，我們彼此都愣住了。

「你好。」我低頭打招呼。這傢伙不是我朋友，我不認識他。這到底是怎麼一回事？

「喂！你在別人家裡做什麼？等等……你是怎麼進來的？」

「咦？呃……」

問我怎麼進來的，但我又不能回答自己回過神來，人就已經在這裡了。要是這麼說，對方肯定會認爲我腦袋有問題，立刻抓我送警察局。不……當我莫名其妙出現在別人家裡的那一刻，就足以被送警局了。

我腦中還一片空白時，明明是身處自己家、卻杵在玄關不敢越雷池一步的男生竟臉色益發蒼白。

「我我我、我家什、什麼都沒有！這這這這、這裡有兩萬日圓，可以請你收下就離開嗎？我絕絕、絕對不會報警。」

男生從屁股後面的口袋裡掏出長夾，打開皮夾，掏出兩萬日圓。

他以爲我是闖空門的小偷。這也難怪。這是最合理的解釋。不然要怎麼解釋我出現在上鎖的房間裡？

「對不起！呃……我很久以前住在這裡，因爲太懷念了，忍不住……沒想到鑰匙還能用……我沒有帶刀子或任何危險物品。」

我站起來高舉雙手，強調自己沒有帶任何武器，同時讓對方可以清楚看到我身下的地面。我下意識地摸了摸軍大衣外套的口袋，確定有摸到鑰匙。我在出門打工前就把鑰匙放進口袋裡了。

我拿出鑰匙，伸手遞給對方。對方也戒愼恐懼地伸長手臂。彼此把指尖伸展到極限時，鑰匙總算成功地從我手中遞到他的手中。

鑰匙不可能一樣，但我心想這種舊公寓的鑰匙形狀應該都差不多，事到如今也只能用這個藉口蒙混過去了。

「那我就……告辭了。」

當我想從站在門口、正在比對兩把鑰匙的男生身邊溜走時，他發出短促的驚呼聲，喃喃低語：「眞的假的？」

一聽到這句話，我擦身而過的同時，不禁望向對方的手上。兩把鑰匙豈止形狀差不多，就連凹凸不平的紋路都一模一樣。

我瞥了大爲震驚的男生一眼，接著連忙慌張地在玄關把腳踩進球鞋，倉皇逃離。門外有著開放式樓梯，位於兩層式公寓的二樓，就連這部分都跟我家如出一轍。我踩著慌不擇路的腳步在走廊上狂奔，連滾帶爬地衝下樓。

「咦？」

看到眼前的景色，我更加混亂了。附近的風景竟然也跟我住的地方相同？我抬頭回望剛才奪門而出的公寓。那根本就是我家啊！連周圍的建築物也分毫不差。

怎麼可能……難道我在做夢？其他地區也有連周圍景觀都分毫不差的公寓嗎？難不成這裡是遊戲裡的異世界？平行世界？

因爲過於混亂，我腦海中閃過一連串荒誕不經的想法。

像這種時候，不如先來檢查公寓的信箱吧。我走向設置於一樓的公寓信箱，就連位置都一模一樣，所以我一下就找到了，然而……

「怎麼可能……」

我家是二〇六號。住在隔壁二〇五號的小菅美世子姊姊跟惠理是好朋友。另一邊的二〇七號是邊間，房東的兒子住在裡面，我只知道他姓小林。一模一樣，無論是小菅姊姊，還是房東的兒子，信箱上都寫著他們的名字。

只有二〇六號，也就是我們家的信箱，充滿裂痕的塑膠門牌貼著「短期出租」的牌子，下面的框框裡塞了一張用英文字母寫著「MISAKI」的紙條。

MISAKI是誰？我們家姓添槙，紙上寫的應該是惠理用圓滾滾字體所寫的「添槙」二字才對。我們家何時變成短期出租了？惠理和祭財愛上哪去了？

這時，我突然發現一件事。套在腳上的球鞋不是我的鞋子，肯定是剛才那個男生的。以我們家的經濟狀況，絕對買不起這種簇新的名牌運動鞋，而且鞋子穿起來感覺非常舒服。如果是這種等級的鞋款，一百公尺大概十秒就能跑完了。那傢伙住在破破爛爛的公寓裡，用的東西居然這麼好。

我很驚訝自己居然能以如此冷靜的態度，面對這麼不可思議的非常狀態，不對，是異常狀態。我果然在做夢吧？這就是所謂的白日夢嗎？

我朝著大馬路狂奔。明知是做夢，但試圖尋找最佳解決方法似乎是人類的本能。

如果那裡不是我家，自然不會有我的鞋子。如果沒有這雙鞋子，我只能光著腳走在路上。剛才的男生看似膽小，但說不定他很中意這雙剛買的球鞋，可能會爲此追上來也未可知，所以我頭也不回地往前跑。對方看起來不像很會打架的樣子，但我也不是什麼彪形大漢。

即使跑到人潮洶湧的大馬路上，我也沒停下奔跑的腳步。與其說是逃跑，不如說是若不拚命地晃動手腳，我的思緒就會混亂得不知如何是好。

跑到車站前熱鬧非凡的大十字路口後，我的體力已消失殆盡，這才終於停下腳步。我雙手撐在兩膝上，保持前傾姿勢，喘得上氣不接下氣。熙來攘往的行人全都以看珍禽異獸的眼神，偷瞄在繁華大街上拔足狂奔的我。

調勻呼吸後，我感到全身筋疲力盡，輕靠在背後的護欄上，低頭瞪著腳邊的柏油路面，絞盡腦汁地思考。

我不明白到底發生什麼事，以及爲什麼會變成這樣。只有自己的家消失，這件事簡直跟惡夢沒兩樣。

我稍早前做了什麼？記憶緩緩在混亂至極的腦袋裡甦醒。

對了，我今天大學測驗落榜了。而且在走到山窮水盡的地步時，居然還發現惠理的過去，發現惠理想打掉我的事實。若不是懷了我，惠理就能主演至今仍被譽爲傑作的知名電影。

我甚至想起小學時代追悔莫及的事。初戀的女孩如果不是新年參拜那天跟我聊得太晚，也不會因身體不適而無法參加中學考試。

如果我不存在，我所愛之人的命運都會大不相同。我一邊想著要是我沒有被生下來就好了，一邊爲了追求那個我不存在的世界，像隻無頭蒼蠅似地用手機上網尋求解答。

結果找到了一個名叫「Another World」的網站。另一個世界。他界。是要我去死嗎？那個網站是這個意思嗎？或許這樣也好。我當時自暴自棄地點進去。

咦，難不成……

我已經死了？

這裡是死後的世界？

這明明是我自己追求的結果，我卻感到無比的絕望。我扶著額頭，慢慢地抬起頭來。

然後視線停留在設置於十字路口轉角處，大樓屋頂上的巨大廣告看板。

「惠理……？」

好像是新上市的口紅還是什麼的廣告。看板中的人物籠罩在薄紗裡，轉過頭來回眸一笑。那個人，長得跟惠理極其相似。

我還以爲只是長得像，於是又多看了那塊廣告看板幾眼。

「那不就是惠理嗎……」

連眼角那顆充滿特色的淚痣位置也跟惠理一樣。

等等，這到底是怎麼回事？

我唸出被低調地寫在廣告下方的口紅名稱。HAKURA。這不是美生堂的新商品，賣得風風火火的那款口紅嗎？我對這類東西沒興趣，但是朋友優也以前在學校宣揚過這支廣告一陣子。

他當時一直強調幫HAKURA拍廣告的立樹百合乃超可愛！看起來一點都不像三十五歲。但我想到她和我媽惠理同年，就一點興趣也沒有，心想反正是靠化妝畫出來的特殊效果。

對了，我記得那支廣告應該是立樹百合乃拍的，可是此時此刻出現在眼前HAKURA宣傳廣告裡的人卻是惠理。

也就是說，惠理果然當上女演員了？惠理取代了立樹百合乃在演藝圈的地位嗎？我在惠理以前寫的日記裡看到，她曾參加過知名電影的試鏡，還打敗立樹百合乃，爭取到主演的機會。可是因爲肚子裡懷了我，惠理最後遭到換角。但是在這個世界裡，惠理成了女明星。

那我呢？我在哪裡？在這個世界裡，我是當紅女星的兒子嗎？就在還搞不清楚狀況時，我的視線落在手裡的手機上。

我剛剛似乎一直握著手機。我正想搜尋「添槇惠理子」，卻發現手機壞了。看得到日期和時間，卻無法連上網路。怎麼回事？爲什麼偏偏在這種節骨眼壞掉？

我好想仰天長嘯。這裡到底是哪裡？我出了什麼事？死就死沒關係，拜託誰快來接我，不然我連天國也去不了。

惠理與娘家斷絕來往，我沒有親戚，也沒有父親，所以才會沒有祖先來接我嗎？

我無助地淚水都快流出來。手機壞掉，聯絡不上任何人。只知道惠理似乎存在於這個世界上。

那祭財愛呢？祭財愛該不會流離失所，現在也跟我一樣無助地在街頭徬徨？我強烈地在意起這件事，於是轉身走向祭財愛的小學。

爲了保護學童的安全，枝濱小學的校門掛著大鎖，必須透過門口的對講機向值班老師傳達來意。我報上祭財愛的姓名，表示是他的家屬，指名找二年三班的級任導師富井。

「啊，富井老師嗎？我是高橋祭財愛的哥哥添槇城太郎，我弟弟受老師照顧了。呃……請問他今天有來上課嗎？」

之前惠理因工作關係無法出席時，我替她參加過祭財愛的家長面談，而且是最近的事，所以富井老師應該記得我。

「不好意思，你是不是搞錯了？一年三班沒有名叫高橋祭財愛的學生。」

「欸，怎麼可能！祭是祭日的祭、財產的財、愛情的愛，發音跟凱撒（Caesar）的英文一樣，是個閃亮到不行的名字。富井老師，你最近才跟我還有祭財愛一起談過話吧？我媽是在夜總會上班的單親媽媽。」

「我剛才也請其他老師查過學校裡有沒有學生叫這個名字，可是枝濱小學裡並沒有名叫高橋祭財愛的學生。」

「……」

「不好意思。」

對方掛斷了對講機。

所謂腦中一片空白就是這麼回事吧。我不確定自己腦中一片空白地在校門口站了多久。一分鐘嗎？兩分鐘嗎？十分鐘嗎？一小時？還是半天？

祭財愛不存在。

祭財愛不存在。

祭財愛不存在。

不，他可能只是剛好不在枝濱小學就讀，依然存在於世界上的某個地方……如果這裡是死後的世界，他不在才是對的。可是我們家的公寓除了家人以外，我認識的鄰居都還在，富井老師也好端端地存在著。

很難想像這裡是死後的世界。既然如此，祭財愛上哪去了？我要怎麼找到他？

回過神來時，太陽已經微微西斜。我看了看手機上顯示的時間，是下午三點。雖然不能上網，至少可以打電話吧？我姑且試著打電話給朋友，結果果然打不通。

我決定直接去知道地址的朋友家找人、說明情況，想辦法解決眼前這種莫名其妙的狀態。還好我有先把錢包放進軍大衣外套的口袋裡，以便查完成績就能去打工，真是不幸中的大幸。

話雖如此，打開錢包後，裡頭也只有兩千多日圓。這就是我平常的財務狀況。

這次我決定前往最要好的死黨——河合優也——的家。我們從國中就一直是好朋友，國一時同班，發現彼此很談得來，還參加了同個社團。直到我退出社團前，我們都是羽毛球社的伙伴。而且他家住得相對較近，不用花太多錢搭電車這點也救了我一命。

我買好車票，跳上電車，坐到優也家那一站。先坐三站，換車，然後再一站就到了。優也家離學校很近，所以我放學後經常去他家玩，也曾經好幾次在優也家一起準備考試。優也對考試必考的英文很不拿手，剛升上高二的時候，我還在優也家住過一週好教他文法。

距離大學的開學典禮還有一段時間，如果他沒有打工或出去玩，應該會待在家裡。優也報考了近十所私立大學，最後考上第一志願慶應大學。

剛升高二的時候，你不是在我家住了一個禮拜，從基礎教我英文嗎？如果沒有你的幫忙，我絕對考不上，真的非常感謝你！

當我恭喜他考上第一志願時，他是這麼說的。

我按下優也家的對講機。他家是屋齡三十年左右的獨棟房子。

「來了。」

是優也的聲音。不過他哥的聲音跟他很像，慎重起見，我先自報身分：

「我是添槇城太郎，請問優也在嗎？」

「呃……我就是。」

「優也？是我啦。我遇上大麻煩了，快救救我。」

奇怪的是，優也不只對我說話畢恭畢敬，還不馬上出來開門。我沉不住氣地直接向死黨埋怨我走投無路的狀況。

「嗯，請問你是誰？抱歉，我實在想不起來，請問……我們是小學同學嗎？」

「你在說什麼……我們從石領中學的羽毛球社就混在一起了，直到升上高中後我退出社團——」

躲在腦袋一隅的不祥預感似乎成真了……不是似乎，是確實成真了。我努力想把話接下去，但說到一半就緊緊地咬住下唇，眼淚幾乎要奪眶而出。

「總而言之，我先出去再說。」

大概是隔著對講機察覺到我的語塞。優也果然是很善良的人，但這樣究竟是好是壞？萬一我是騙子，這豈不是很危險？

優也家裡傳來拉開拉門的聲音。懷念的臉孔就出現在距離我前方一公尺處。直到最近的高中畢業典禮，我們還在教室裡合拍了好幾張照片，最後大家都泣不成聲。那天我也一直和優也他們待在一起。明明是五天前才發生的事，感覺卻像見到十年不見的摯友。

然而優也並不打算縮短這一公尺的距離，他手放在拉門上，狐疑地打量我的臉。這顯然不是見到憂樂與共、攜手度過國高中時光的朋友會有的態度。

「抱歉，我還是想不起來。還有，我確實加入過石領中學和高中的羽毛球社，可是社團裡沒有人在升高中的時候退出。」

「……眞的嗎。」

「眞的。我不會記錯，因爲社員本來就不多。」

這我知道。

升上高中時，只有我退出社團。也就是說，石領中學的羽毛球社沒有我這號人物。我不存在於一起參加東京都大賽的伙伴回憶裡。退出社團後，我還是很珍惜這群伙伴，但他們的記憶裡卻沒有我。

「有八個三年級的對吧？我退出的時候，社長是小山同學，副社長是你。」

「對，你怎麼知道？」

看來社員還是同一群人。

「嗯……我聽說的。沒事了，大概是我搞錯了。不好意思打擾你了。」
我轉過身走了幾公尺，突然想起一件事，回過頭。
優也仍保持著相同的姿勢，以一臉丈二金剛摸不著頭腦的表情看著我。
「那個，優也同學，我可以再請教你一個私人問題嗎？」
「什麼問題？」
「你有考上慶應大學嗎？」
「欸！你居然連這個都知道。我考上了喔。」
「這樣啊，恭喜你。」
這次我真的轉身加快腳步離去。
搞什麼鬼，就算沒有我，優也還不是也考上了慶應。
而且模樣比我印象中的優也更加可靠。這點單從剛才簡短的對話裡就能看出來。突然有個見都沒見過、卻對自己瞭若指掌的陌生人找上門，他也能不慌不忙地當面應對。

優也的人品非常好，可是換個角度來說，其實也是所謂的國高中屁孩。就連學校發的講義都整理不好，也記不住功課及考試範圍，經常忘了帶體育服或社團的夾克回家。

我從小就得代替靠不住的母親注意大小事，所以也看不過優也的丟三落四。小學整整六年裡，我都像個管家婆似地提醒他要記得帶體育服回家、考試範圍從這裡到那裡，還把講義印好才交給他……諸如此類，優也倒是欣然接受我的多管閒事。

「眞是得救了！要是沒有城的話我就完蛋了，謝啦。」

優也是能老老實實表達謝意的人。

羽毛球社的人都稱我爲「優也的老媽」……這些過去也全部隨風而逝了，眞令人難以忍受。

難道是因爲沒有我跟前跟後地管東管西，優也再怎麼笨拙，也必須凡事靠自己搞定，結果變得比我認識的優也更加能幹？所以沒有我還比較好嗎？

而且這裡到底是何處？爲什麼除了我和祭財愛，其他的人都待在原本該在的地方？

我手指上戴著只有在祈求神明保佑時才會戴的銀戒，與手中的手機碰撞出討厭的聲音。我忘了指間還套著戒指。

優也應該也有相同的戒指，這是我國中退出社團時，羽毛球社一共九名的成員買來作爲紀念物的。倘若優也注意到這枚戒指，事情會有所改變嗎？大概不會吧。不可能的。因爲這是同牌子的戒指中最便宜的款式，造型過於單調，只看一眼絕對認不出來。

就算優也注意到了，頂多只會覺得「哦，這傢伙也戴同樣的戒指啊」。畢竟這是很流行的品牌，到處都是戴著該品牌項鍊、戒指或手環的人，就算有人撞款式也不稀奇。

這款戒指的牌子是以年輕人爲主要客群、近幾年非常受歡迎的Crossroads。社員中最愛打扮、想在高中出道的安藤，提出「我們都是高中生了，偶爾也應該打扮得時髦一點」的意見，提議買這個牌子的戒指。當時其他人都沒意見，所以這件事很快就決定下來。

附帶一提，雖然是主打男性的品牌，但是街頭風格打扮的女生也經常戴這個牌子，所以在男女之間都很受歡迎。

一枚戒指就要八千日圓，這對添槇家而言簡直是天文數字的支出，我內心苦惱不已。於是除了我以外的八個人，都各自多掏一千日圓，把我的份付掉了。

不僅如此，我們甚至在社辦裡非常青春熱血地在戒指內側刻下未來的夢想與抱負。當時我還說了非常掃興的話：「都是男生也太噁心了」、「我還以為第一枚戒指是跟女朋友一起戴的對戒」。但其他社員都很興奮，社辦籠罩著異樣的熱烈氣氛，如今想來真是令人懷念。

那時真的好開心，真的好快樂。大家環抱著我的肩膀，異口同聲地說：「就算城退出了，羽毛球社也永遠都是九個人。」

國三那年我們十五歲，九人的感情好到即使沒有社團活動的日子，也都會膩在一起。當時誰都還沒想到要交女朋友。社辦裡充斥著汗臭味。柔和的風從窗外吹進來。一切的一切是如此鮮明又歷歷在目。

糟糕，眼淚眞的流出來了。

在這個世界裡，羽毛球社從頭到尾都只有八個人。

雖然很緩慢，但我逐漸理解這裡是哪裡了。沒考上大學、無意中得知惠理想打掉我的事實。當我像隻無頭蒼蠅似地用手機上網搜尋時，我失去了意識。

當時的我只有一個願望。

要是我沒有被生下來就好了。

這裡是我沒有被生下來的世界？沒有我的世界？

可是冷靜想想，這種事怎麼可能發生？

3

我回到離自己家最近的車站，走進車站前的網咖。既然手機不能用，如果想上網搜尋，就只能用別人的電腦。爲了知道這個世界發生什麼事，關鍵還是在惠理身上。惠理到底有沒有生下我……

網咖比我想像中便宜，但我現在連一塊錢都不能浪費。幸好錢包裡還有健保卡可以扣押，僅僅是這樣，我就覺得自己跨越了一道難關。

我坐在電腦前，開始用力地敲打鍵盤。因爲有時間限制。

總之，惠理存在於這個世界。那先找祭財愛好了。我在搜尋引擎輸入「高橋祭財愛」的關鍵字，屏息以待。

搜尋不到「高橋祭財愛」，幸好這個閃亮亮的名字實在太罕見了，最終被我成功搜尋到「祭財愛」。但不是姓高橋，而是窪瀨祭財愛。這是祭財愛現在的本名。

我敲打鍵盤的手指頓時停在半空中。看到祭財愛的報導時，我的雙手無力地落在鍵盤上，逐漸握緊。

窪瀨是超大型科技公司董事長的姓氏，這個人眞的是祭財愛嗎？我屈身向前，目不轉睛地瞪著螢幕裡的照片，幾乎要把螢幕瞪出一個洞來。

我敢肯定那是祭財愛。服裝、髮型和氣質完全不一樣，但確實是他沒錯。照片是某個宴會的場景，祭財愛西裝革履地站在姓窪瀨的大老闆旁邊，笑得一臉文質彬彬。照片拍到五個人，只有祭財愛一個孩子。看樣子，祭財愛是窪瀨社長的孫子。

據說是因爲社長的兒子生不出小孩，所以收養了祭財愛。

如果惠理透過我在日記裡看到的試鏡成爲女明星，就不會去夜總會上班，也不會認識祭財愛的母親。如果這個世界的祭財愛，身邊沒有在我的世界對他伸出援手的惠理，大概也找不到別人收養他。

所以祭財愛會暫時被送到孤兒院，在那裡遇見窪瀨社長正想收養小孩的兒子。以上是我的推測，就算沒猜中，但肯定也與事實相差不遠。

螢幕中的祭財愛穿的不是褪色的T恤，而是剪裁得十分合身的西裝，頭髮也梳理得整整齊齊，更重要的是，他笑得好幸福。

「太好了，祭財愛。」

我脫口而出，感覺全身的體力都傾洩流出。

相較於住在我和惠理的破公寓，現在的祭財愛幸福多了。我好想高舉雙手爲他大聲歡呼，可是摸著良心說，我一點也不開心。而我對這樣的自己感到火冒三丈。

當意識到這一點時，我大大地嘆了一口氣，把注意力切換到惠理身上。

惠理現在是名聞遐邇的女演員，搜尋起來毫不費力。惠理的藝名是月森琶子，《玻璃森林》果然是她踏上演員之路的起點。原著本來就很好看，電影順勢創下空前的賣座紀錄，而惠理的演技也大受好評，一路順風順水地爬到了現在的地位。

我果然沒有被生下來嗎？《玻璃森林》是正統的懸疑片，飾演高中生的惠理在劇中被綁架，有幾幕必須全力奔跑的場景。挺著大肚子不可能勝任那個角色。

儘管如此，我仍抱著一線希望，找到惠理的個人資料。五年前，惠理嫁給小她五歲、我也認得的帥哥演員駒田航大。在我的世界裡，駒田航大應該還沒結婚。我今年十八歲，駒田航大三十歲，生下我的可能性幾乎是零……不是幾乎，完全就是零。

在對外公開的個人簡介上，這個世界的惠理沒有小孩。

我沒有被生下來嗎？還是作爲私生子被藏在某處？然而任憑我在網路上找了又找，都找不到惠理——月森琶子——的私生子傳聞。

既然如此，就只能問惠理本人了。我還以爲既然是大明星，大概很難找到惠理住的地方吧，沒想到一下就找到了。雖不至於詳細到幾號幾樓，但網路上確實寫出什麼區的哪一條路上，連外觀的照片都有，是一棟車庫裡停了兩輛車的豪宅。

我試著用手機拍下那棟豪宅的照片。沒問題，還可以拍照。看樣子雖然連不上網也無法通話，但除了通訊以外的功能都還能用。

確認手機可以拍照後，我也拍下從車站走過去的路線。

從惠理和她老公駒田航大的社群網站上瀏覽，不難推測他們現在人在哪裡。幸運的是，駒田航大去外地拍電影，人不在東京。雖不清楚惠理目前的所在位置，但很可能是在東京。

問題是，就算見到惠理，她生下我的可能性也微乎其微。

我從位於住商混合大樓裡的網咖走下狹窄的樓梯，心情沉重晦暗得不得了。我到底想做什麼？我到底想得到什麼答案？

當時腦子裡充滿「要是我沒有被生下來就好了」的想法，點進名為「Another World」的網站，自暴自棄地認為自己就算死掉也無所謂。如今那個念頭並沒有太大的改變。

我想起瑚都，想起她輕易地說出這句有如凶器般銳利的話：

或許我沒有被生下來比較好吧。

瑚都會在這個世界做什麼呢？沒有我的攪局，她應該能順利地參加中學考試，去她第一志願的學校就讀吧。

我茫然地走在寬敞的步道上，突然有個東西撞上我的腰。

回頭一看，眼前是個手裡拿著英雄模型、看起來才念幼稚園的小男孩。

男孩朝我點點頭，繼續搖搖晃晃地往前走。男孩的年紀很小，這麼小的孩子怎麼會沒有母親或其他人跟在身邊，任由他獨自在路上走？產生這個疑問的瞬間，馬路對面貌似有什麼東西吸引住男孩的注意力，只見小男孩搖頭晃腦地往右邊走出去。

「危險！」

再往前走就會被迎面而來的腳踏車撞飛了！我連忙想抓住男孩的手，可惜還差幾公分——我的手撲了個空，什麼也沒抓到。

幸好，有另一隻手從反方向即時伸過來，抓住了男孩，總算免除一場腳踏車意外。

「嚇死人了！小心點啊！」

騎腳踏車的年輕男子丟下這句話，揚長而去。

抓住小男孩的手、救了他一命，不知是高中生還是大學生的女孩子，與剛才的小男孩雙雙在路邊跌成一團。

這女孩是從哪裡冒出來的？我內心滿是問號，在似乎還驚魂未定、站不起身的兩人身邊蹲下來。

「沒事吧？」

女孩還很年輕，大概不會有事，頂多也只是輕傷。問題是小孩，他說不定撞到頭了。聽說幼兒的頭很沉。

女孩自言自語地說道，眼珠子慢慢轉動，捕捉到我的身影。我的心臟漏跳了一拍。

「嚇死我了。」

瑚都！不會錯的，她就是直到剛才還浮現在我腦海中的少女，花辻瑚都本人。而且用少女形容並不準確，她已經是成熟的女性了。

長髮染成低調奢華的棕色，燙成大波浪。眼皮塗著橘色的眼影，還畫了黑色眼線，眼睫毛呈放射狀向上捲翹，微微張開的唇瓣是水潤透亮的粉紅色。瑚都臉上有著很精緻的妝容。

我只看過她一板一眼地穿著私立高中老氣橫秋的制服，頭髮在兩側編成雙馬尾的模樣，女大十八變的她令我跌破眼鏡。

因爲我們兩家住得很近，國、高中時我無意間見過瑚都幾次。最近發現她經常獨自一人坐在車站前綜合醫院旁的公園裡，內心還曾爲此感到竊喜。

原來女孩子只要化個妝、頭髮換個顏色，氣質就會差這麼多啊，眞是驚人。瑚都算是長相比較稚氣的類型，可一旦換上便服，看起來一下就大了好幾歲，相當成熟，簡直無法想像我們是同齡人。

一考完試，決定好人生方向的學生們全都不約而同開始地染髮、穿耳洞。尤其女生還會化妝，有些人甚至因此形象脫胎換骨，判若兩人。

不久前，我在路上巧遇高中時代的女性友人，原本文文靜靜的女孩子如今都頂著全妝，再加上燙鬈又染色的髮型，還戴了耳環，猛一看幾乎認不出誰是誰。

「我決定打扮到自己滿意爲止，在大學重新出道。」

稍微聊了一下，對方眉飛色舞地笑著說。

瑚都也考上自己滿意的大學，沉浸在無拘無束的氣氛裡嗎？

瑚都，我是添槙城大郎，妳還記得我嗎？

這句話手舞足蹈般地浮現在腦海裡，我卻說不出口。

瑚都不可能認識我，我大概不存在於這個世界裡。

眼下瑚都確實連看都不看我一眼，只關心倒在地上的小男孩，一個勁地不知在對他說些什麼。

我的注意力被瑚都奪走的同時，時間仍一分一秒地往前走。

「請問……」

瑚都對我說。

「抱歉，我在發呆。小朋友要不要緊？妳呢？沒受傷吧？」

「嗯，我沒事。這孩子好像不知道自己住在哪裡，家長好像也不在這附近，可能是迷路了。我認爲應該送他去警察局比較好。」

我的視線移到男孩身上，他正把玩著手中的模型，臉上掛著不安的表情。

「小朋友，你要去哪裡？」

「小智家。」

「小智家在哪裡？你媽媽呢？」

「媽媽的動作太慢，所以我先走了。」

「……」

瑚都替不禁無言以對的我問他：

「你家在哪邊？」

「不知道。」

瑚都不知所措地看了我一眼。

「怎麼辦？」

「總之先站起來吧。」

我用雙手扶著男孩的腰，像拎扯線傀儡似地把他拎起來，放在地上。

「好可愛啊。」

男孩一臉狀況外地被我拎起來，有如玩具般的動作令瑚都忍不住嫣然一笑，露出雪白的牙齒，原本妝容精緻、充滿女人味的表情瞬間變回娃娃臉。我的胸口一緊。好懷念她這種表情啊，她以前經常露出這種表情。即使這個世界的瑚都不認識我，但我此時此刻就站在這麼近的距離與她說話。

「沒事吧？有沒有哪裡痛？」

「沒有。」

是我的錯覺嗎，總覺得男孩捧著模型的雙手愈來愈用力。

「那個十字路口是不是有派出所？」

瑚都指著前方不遠處的十字路口。春天時會開滿櫻花的這條路上，如今只剩枯樹伸出細瘦的枝枒。

這裡也有大河流過。再往前走是一座老字號的木材廠，以前大概都靠這條河運送木材吧。西斜的陽光在水面上映照出一條光之小徑。

「我記得有。」

我和瑚都走在男孩兩邊，沿著寬敞的步道往前走，跨過架設在河上的橋。男孩的雙手緊緊地握住模型，走得很慢，我和瑚都笨拙地配合他的步伐。

我很少跟這麼小的小朋友相處，不太清楚該怎麼應對才好。男孩的表情相當不安，隨時都要哭出來的樣子，令人於心不忍。

這時，有個看似家庭主婦的女人從前方走來，一臉狐疑地停下腳步。我心想著對方有什麼事嗎，並打算催促男孩從女人身邊快步通過。

「……小誠？」

大概是聽到自己的名字，男孩驀地轉向那個人。

「阿姨！」

「您認識這個孩子嗎？他剛才差點被腳踏車撞到跌倒了，應該是沒有受傷。可是他不曉得回家的方向，家長也不在身邊，所以我們正想送他去警局。」

得救了。我趕緊簡短地說明來龍去脈。

「哇！那眞是太危險了。小誠，你又自己跑出來啦？」

女人對男孩露出「你這孩子！」的訓誡表情。

「才不是我自己跑出來，是媽媽的動作太慢了！所以我想先去小智家。」

「說得好像你自己有辦法去似的。這孩子十分好動，經常走丟。他是我鄰居的小孩，和我家老么上同一所幼稚園。」

「原來如此，這眞是太好了，終於知道他是哪裡的小孩。」

「我先打電話給中川太太，可以請你們再幫我照顧一下小誠嗎？」

貌似家庭主婦的女人從購物袋裡拿出手機。

「好的。」

女人撥通了手機，與她口中的中川太太，大概是小誠的母親通話。過了一會兒，女人掛斷後面向我們說：

「他媽媽馬上就會來接他。不好意思，可以請你們再陪小誠一會兒嗎？」

「好的……」

「這孩子以前也走丟過。眞是太好了，幸好被你們發現。我們家的兔崽子也好不到哪裡去，這年紀的男孩子根本跟野生動物沒兩樣！啊，我和中川太太約在木材廠後門這邊。」

我們剛好經過木材廠的後門前。

「好的。」

女人單方面地自說自話，瑚都迫於無奈地回答。

「眞不好意思啊，我家就住在附近，本來應該是我帶他回去，可是我現在得趕去補習班接女兒下課。她已經打電話來說她下課了，所以太晚去接她的話，她可能會很害怕。」

女人的老么和小誠就讀同一所幼稚園，可見她要去接的是姊姊。女人頻頻低頭道歉，漸行漸遠。如果送去警察局，可能要做筆錄，所以若說少了點麻煩，確實少了點麻煩也說不定。

我們只等了五分鐘，有個比剛才女人稍微年輕一點、看起來也是家庭主婦的人，從馬路上小跑步地奔了過來。這個人大概就是中川太太。

中川太太跑到我們面前，氣喘如牛地對小誠說：

「小誠！眞是的！媽媽不是告訴過你，不能不等媽媽就自己跑出去嗎！」

「可是……媽媽太慢了嘛。」

小誠嘴裡發著牢騷，但臉上明顯換成鬆了一口氣的表情。

中川太太對我們說：

「真的非常感謝你們。聽說他差點被腳踏車撞到，還跌倒了？要是旁邊沒有人，這孩子肯定會飽受驚嚇。謝謝你們救了他。」

中川太太鄭重其事地向我們鞠躬致謝。

「別這麼說，只是剛好遇到而已。」

瑚都謙稱，但她確實阻止了腳踏車撞上男孩的意外。要不是瑚都，男孩可能真的會被腳踏車撞到，釀成悲劇。

「那個，方便的話，可以請教兩位的姓名和地址嗎？」

「敝姓花辻，住在汐波一丁目。」

「敝姓添槙，住在枝濱二丁目。」

「可以麻煩你們寫下來嗎？」

中川太太遞出記事本。

「不用了，又不是什麼大事。」

想也知道她打算上門道謝，所以才想知道正確的地址。可是做到那個地步，別說是我，可能就連瑚都都覺得受不了……也很麻煩。

「別放在心上，我們眞的只是剛好路過。」

我代為表達。

「年輕人大概覺得很麻煩，但這樣我反而更過意不去。如果不好好登門道謝，外子會怪我禮數不夠周到。外子的教育方針是從小就要以身作則，讓孩子知道犯錯時要道歉、受到幫助時要道謝。可以請你們幫幫忙嗎？拜託了。」

中川太太將記事本夾在腋下，手裡抓著兩支原子筆，朝我和瑚都彎腰鞠躬。

她說得如此懇切，我們也不好再推辭拒絕。瑚都率先接過原子筆，有如回答街頭問卷似地，站著直接寫下自己的姓名和地址。她的名字果然是「花辻瑚都」。

瑚都用左手握著原子筆。對了，我想起來了，瑚都是左撇子。

這時，我注意到瑚都左手纖細的無名指上戴著戒指。我一時大受打擊，險些拿不住手裡的原子筆。

戒指的造型簡單而粗獷，顯然是年輕人時興戴的對戒，或許和我的是同一個品牌也說不定。我凝視著瑚都圓潤的字跡，反覆深呼吸。

冷靜點，城太郎。如今站在你旁邊的這女生，雖然有著瑚都的臉孔，卻不是你認識的那個瑚都。在我的世界裡、和我在神社聊過天的那個瑚都，與這個女生並非同一人。所以就算她有男朋友，也輪不到你難過。

想到這裡，我又想到假如這個世界的瑚都已經有了男朋友，在我世界的瑚都應該也有男朋友了吧。畢竟這個世界除了沒有我之外，與原來的世界其實沒有太大差別。

羽毛球社的成員還是同一批人，優也的性格也沒差太多，而且因為沒和我扯上關係，好像有些部分變得更好了。可惜相處的時間太短，所以不是很確定。

瑚都有男朋友了……沒想到我會這麼失望，連我自己都感意外。最後我總算寫下姓名地址，把記事本還給中川太太。

「花辻和添槇……花辻同學？」

中川太太輪流打量瑚都和她寫在記事本上的姓名，似乎想到什麼。

「妳該不會是小花烘焙坊的女兒吧？那對雙胞胎姊妹？」

中川太太問瑚都。

「是的。」

「果然沒錯！眞是太巧了！我好喜歡你們家的麵包，經常去光顧呢。」

「眞的嗎？謝謝您的喜愛。」

瑚都禮數周到地低頭致意。

「花辻同學和小誠的姊姊應該是同一所小學的畢業生。小誠的姊姊一年級時，由六年級的花辻同學負責照顧。因爲是很罕見的姓，我一下子就想起來了。我們家姊姊還說花辻姊姊對她很好，她最喜歡花辻姊姊了。是妳嗎？還是妳的雙胞胎姊妹？」

「應該是我的姊姊緒都吧？因為我負責照顧的是男生。」

緊接著是只有在地人才能參與的話題。原來汐波小學有這樣的制度啊。

「不過最近小花烘焙坊都沒開，真遺憾，是發生了什麼事嗎？」

「沒什麼……」

「啊，不好意思，這是府上的私事吧。歐巴桑就是這樣，讓妳見笑了。」

「不會，別這麼說。我今年春天就是大學生了，以後也會利用春假幫忙。」

「妳的意思是說，會再開門做生意嗎？」

「會的，已經準備好要重新開始營業了。雖然有點狀況，還需要一點時間，但我爺爺也會來幫忙。」

「太好了！我還在擔心不曉得出了什麼事呢。你們家的麵包真的很好吃。」

「是嗎？嗯，謝謝您。不過那原本是我爺爺的店，所以……那個……可能味道不會跟我媽做的麵包一樣。」

不知何故，瑚都一句話說得斷斷續續。

瑚都家是開麵包店的啊。我也在超市的烘焙部門打工，所以對麵包有一定的知識，多少也知道麵包的做法，說不定能成為兩人之間話題……我居然動起歪腦筋來。

稍後，中川太太和小誠與我們揮手道別，想來是要去小智家。

「妳家開麵包店啊？我送妳回去。」

太陽已經下山了，暮色籠罩大地。六年前我也送瑚都回家過，不過當時在離她家還很遠的地方就分開了，而且周圍一片漆黑，我根本不曉得她們家是開店的。

「謝謝……你。」

直到剛才都跟小誠還有中川太太在一起，突然間只剩下我們「孤男寡女」，令我心跳不禁加速。

「已經準備好要重新營業真是太好了。」

「是沒錯……但應該很不容易，感覺不會那麼順利。」

瑚都望向墨色的天空，雙手掩住嘴巴，輕輕地吐出一聲嘆息。

「怎麼說？」

「因爲我爸媽暫時還回不來，我必須好好地協助爺爺才行……這段休息的期間，工讀生全都辭職不幹了，必須從頭開始找人。」

居然將家裡的事告訴我這種初次見到的陌生人，或許瑚都已經快撐不下去了。

雖然只有小六時正式講過一次話，但我也隱約察覺瑚都家有點不太尋常，所以她才會覺得雙胞胎少了自己也無所謂吧——我突然沒頭沒腦地想起這件事。

「那個……我從高一就在超市的烘焙部門打工。啊，我最近剛從高中畢業，也在烘焙坊烤過麵包，對麵包有一點粗淺的知識。既然你們家的工讀生不做了，如果妳不嫌棄的話……」

「眞的嗎？」

我的話都還沒說完，瑚都就大動作地轉身面對我。

「眞的……呃，那個……因爲我也放春假，正在尋找打工的機會。」

「眞的可以嗎？」

「可以……」

哪有什麼可不可以的。我比以前更窮困了，還無家可歸，唯有在瑚都家打工，我才能苟延殘喘下去。

「那你什麼時候可以來面試？什麼時候方便？雖然我爺爺還要花點時間，把自己的烘焙坊交給別的麵包師傅就是了。」

「可以的話，希望愈快愈好。」

「我也是。那明天如何？」

「沒問題。」

「那就明天下午一點。至於地點嘛……就是這裡。謝謝你送我回來，可是你明天有辦法自己過來嗎？你對這一帶熟嗎？」

瑚都從皮包裡拿出錢包，再從裡面掏出名片。是烘焙坊的名片。精美的名片上印有輕柔水藍色的毛筆字店名，非常有質感。

因爲姓「花辻」，所以就叫小花烘焙坊，相當好理解。這名片想必是瑚都或緒都設計的，風格與充滿昭和氣息的老式店名不太搭軋。

「完全沒問題。」

「太好了，那就約下午一點囉？我叫花辻瑚都。」

「我是……添槇城太郎。」

我仔細觀察瑚都的表情，但……毫無意義。因爲在這個世界裡，大概從未出現過添槇城太郎這號人物。對瑚都而言，我只是「剛認識的陌生人」。

我一再提醒自己不要想太多，卻彷彿在瑚都眼裡看到一絲失望的情緒。瑚都的視線隨即落向地面，看不見她的眼神。只見她將嘴唇緊緊地抿成一線，似乎在忍耐什麼。

咦，怎麼回事？瑚都剛才的表情是我自作多情嗎？還是我眼花了？大概只是單純的巧合吧。

轉瞬的沉默之後，瑚都以沉穩的聲音回答了「請多多指教」。
她果然不認識我。她不可能認識我。
「就是這裡。很小的店吧？」
瑚都家到了。我有些意外地站在放下水藍色鐵門的烘焙坊前。雖然只能看見招牌，但店鋪的裝潢氛圍比想像中來得簡約許多。我抬頭仰望招牌，眼前彷彿浮現出歐洲早晨的風景。相較於柏油路，店門口更適合那種鋪石板路。
畢竟「小花烘焙坊」這個店名，我還以爲是更復古一點的店。
「好漂亮的店啊。和我家在隔著車站的反方向，難怪我不知道。」
「這是在我爸媽那一代改建的，當時我媽剛嫁過來沒多久。我媽是日本和英國的混血兒，在英國長大，所以做的是英式麵包，不同於爺爺做的是日本本土的麵包。所以他們兩人處得不好，爺爺也搬出去了。」
「原來如此。」
「因爲某些原因，我媽現在回英國了，我爸陪她一起回去。」

「嗯哼。」

「我們家有很多本難唸的經喔。添槙同學，你可別嫌棄啊。」

「不會的。」

絕對不會。

「爺爺還沒來，所以還不能開店，但我會先拉起鐵門。玻璃自動門沒有打開電源，所以不會有反應，可以請你到時從玄關按一下對講機嗎？我家的玄關就在烘焙坊旁邊。」

「沒問題。」

「那就明天見了。」

瑚都朝我行個禮，就要轉進烘焙坊旁邊的小巷子裡。

「啊，花辻同學。」

「什麼事？」

瑚都轉過身來，輕柔飄逸的長髮在冬天的晚風中飄揚。

「那個，我們講話也許可以不要這麼拘謹？我們應該同年才對。」
「噢好的……好，沒問題。」
「那我該怎麼稱呼妳呢？」
「叫我瑚都就行了。我有個雙胞胎姊姊也姓花辻，名叫緒都。就像我剛才講的那樣，家裡現在只有我們兩個人。」
「那我就叫妳瑚都同學了。」
我的膽子還沒有大到只叫她的名字。
瑚都笑著揮揮手，消失在陰暗的巷子裡。我抱著無法言喻的心情，看著尚未習慣、仍感不熟悉的便服背影。這個人不是多年來懸在我心頭上的女孩。我不知道這個世界的她這些年來經歷了什麼，而且她也不認識我。
這個人大概是我記憶中瑚都的分身吧。雖然長得很像，但她不是我喜歡的瑚都。我的心似乎比我的理智更清楚這一點。

4

打開錢包後，我發現裡面只有一千一百日圓。要是有帶著悠遊卡就好了，但想是這麼想，我還是買了車票，前往惠理住的高級住宅區。

既然無法用手機導航，就只能仰賴剛才在網咖拍下來、從車站走過去的路線照片。

沒花多久的時間，我便成功找到與惠理被傳到網路上的豪宅一模一樣的建築物，但問題在於要怎麼見到惠理。我知道駒田航大不在家，所以要直接正面出擊嗎？

不過，在按下對講機的階段就吃閉門羹的可能性相當高。這麼大的豪宅想必雇了佣人，或許根本沒機會跟惠理本人說上話。

我凝視著惠理的豪宅思索著。車庫裡有兩輛車，外觀圓滾滾的進口老爺車大概是惠理的座駕，車子後方有備用輪胎的四輪驅動越野車則是駒田航大的車。

要怎麼做才能單獨見到惠理？我絞盡腦汁想了又想，想得腦袋都累了，不禁發出疲憊的嘆氣聲。接著，我終於下定決心，走回剛剛走來時的道路。

我走向便利商店，邊走邊東張西望，找尋有沒有能和惠理單獨會面的地點。要是在便利商店碰面，惠理身為名人，勢必會引來旁人好奇的目光。

我站在便利商店的影印機前，投入零錢、設定好選單畫面，讓機器處於隨時都能啟動的狀態，然後搜尋手機裡的照片。

惠理和祭財愛最近很熱中於名為《羅塞塔鑽石》的手機遊戲，前幾天惠理費了好大一番工夫才總算破關。我考完試也加入他們的戰局，結果一家三口都迷上這款遊戲。

我從圖片庫裡找出一張照片放大。那天，惠理和我一起玩《羅塞塔鑽石》時，以破關的畫面爲背景拍了合照。因爲太興奮了，惠理還用手圈住我的脖子，把我拉進懷裡，另一隻手則高舉勝利握拳。照片中的我硬生生被惠理抱個滿懷，瞇著一隻眼，嘴角往下撇，掙扎著想要擺脫她的懷抱。

爲了不讓手機進入休眠狀態，我趁著螢幕變成一片漆黑前立刻按下影印鍵。我從未直接影印過手機畫面，所以也不清楚該怎麼使用才好。誰教我的手機無法上網呢，除此之外別無他法。

最糟的情況頂多就是印出黑畫面的手機螢幕……我拿起印出來的紙張。哦，原來會印成這樣啊。

雖然是黑白影印，但總算印出可以勉強辨認惠理和我的照片。雖然無法呈現出照片中的色彩，但只要仔細看，還是能看出惠理背後破關的畫面。

我還買了原子筆和大紅色的信封信紙，在便利商店內用區寫信給惠理。懷著祈求的心情，我誠心地寫下自己有話想跟她說、希望能與她見上一面的訊息。

對我而言是祈求，看在惠理眼中想必與脅迫無異。這也沒辦法。我最後署名「添槇城太郎」——惠理大概沒聽過這個名字。

回到惠理家門口，我把信和照片夾在那輛停得像一頭撞進車庫裡、貌似惠理車子的雨刷之間。

就算惠理今天不開車，但只要出門，應該就會留意到信和照片。所以我才故意買大紅色的信封，好讓她遠遠地就能發現。從馬路這頭看過去，因角度的關係，外人應該是看不見，再加上駒田航大今天不在家；若說有誰會注意到，那個人只可能是惠理。

可以對照片動的手腳相當多，讓惠理相信照片未經過加工的可能性微乎其微。一個搞不好，她可能還會以爲寫信的人瘋了，覺得這是封恐嚇信，進而報警處理也說不定。

但我想相信惠理。就算她變成大明星，只要她的性格還是我認識的那個惠理，我就覺得她會見我。自從看到她的日記，我再也不敢相信從小到大看到的世界，但如果她願意見我，或許我能找回一點自己的心。
我在距離惠理家走路一分鐘、前往便利商店途中經過的公園長椅上坐下。三月底的晚上七點，白天雖然比上個月暖和些，夜晚的寒氣仍與嚴冬沒兩樣。
路上有間燈光昏暗、看起來很適合私會的店面在營業，可是店裡一定有老闆或服務生。既然惠理在這個世界變成大明星，我可不想在莫名其妙的地方扯她後腿。如果是冬夜裡杳無人煙的陰暗公園，而且還是設置在茂密樹蔭下的長椅，肯定比店裡更不用擔心被任何人撞見吧。
「好冷！」
我把軍大衣外套的拉鍊拉到最上面，把連帽戴得嚴嚴實實，雙手緊握著從便利商店買來的罐裝咖啡以溫熱掌心。上次吃飯是什麼時候的事了？我咬了口可樂餅麵包，再喝口已經不熱的咖啡，感到五臟六腑此刻高興得齊聲歡呼。
什麼時候才能等到惠理？重點是她會來嗎？見到已經功成名就的惠理，我又有什麼打算？

問她到底有沒有生下我？問她這個世界上究竟有沒有我的存在？

我大概已經猜到她會怎麼回答了。

她就算不來也沒關係。惠理很幸福，祭財愛也很幸福，而就算沒有我，優也也有模有樣地考上了慶應大學。

我仰望星空，獵戶座光璨耀眼地高掛在冬天的夜空裡，美得令人屏息。我看得入迷，張開嘴呼吸。北風吹走飄逸在黑暗裡的白色霧氣。

好想再見瑚都一面啊。浮現在我腦海的，並非方才見到那個剛考完試、為迎接大學生活而改頭換面的瑚都，而是原來的世界裡穿著制服、黑髮在兩側紮成雙馬尾的瑚都。

錢包裡剩下不到五百日圓，就快來到盡頭了。儘管如此，我仍預留明天可以去瑚都家烘焙坊的車資。

這究竟是心懷不軌，還是捨不得放棄？連我自己也說不上來。雖說是一時衝動，但我確實想過，要是自己沒生下來就好了。就算沒有我，身邊人的際遇反而遠比有我的時候好上太多。這個世界已逼我認清這個事實，但我仍不想接受遊戲已接近尾聲。

「添槇……城太郎同學？」

在我心不在焉地沉浸思緒中時，出現在我跟前的是如假包換的惠理，不，是添槇惠理子。她身上穿著幾乎與夜色融為一體的鋪棉黑外套，連帽拉得很低，遮住了豐盈的鬈髮。她臉上甚至戴著口罩，原來明星所謂的變裝就是這麼回事啊。我不禁感嘆起這種奇怪的細節。

我從長椅上站起來。

「我就是……沒想到妳眞的會來，我很高興。」

添槇惠理子沒回應我說的話，只一動也不動地盯著我看。

「眞像啊……」

隔了足足五秒的空白後，添槇惠理子喃喃自語著。

「像什麼？」

「沒什麼。你有話要跟我說對吧？這裡不方便談話，過來我家吧。」

「咦？這怎麼可以！怎麼好意思去明星家打擾。我打從一開始就決定在這裡和妳談。」

「但我會冷呢。」

個性似乎有點不太一樣。惠理的語氣不會那麼冷靜，說話方式也比較像年輕人，比高中女生還軟萌。

添槙惠理子帶頭往前走，我跟在她背後，不時回頭張望。

雖然應該不可能有問題，但我還是難免疑神疑鬼。添槙惠理子——在這個世界名叫月森琶子的女明星，會這麼容易被一張照片和一封信說服，讓素未謀面的男生進到老公不在的家裡嗎？

「我先聲明——」

「什麼？」

「這是我有生以來，第一次如此輕易地讓不認識的人進屋。」

彷彿看穿我腦海中的疑問，添槇惠理子同一時間滿臉嚴肅地對我說。

似曾相識的感覺令我心中流過一陣暖流。我的母親惠理不是腦筋動得很快的那種人，偏偏總能在絕妙的時間點，說出彷彿能看穿人心的話。

豪華的玄關有著挑高的穿堂，符合豪宅那種吊著巨大水晶燈、地板鋪大理石的刻板印象。我穿過去後被帶到客廳……不對，但這也不是寢室，而是大約有五坪大、整面牆都是鏡子的房間，由偌大的沙發與簡約大方的成套桌椅，以及高度直達天花板的書架構成。

書架的正中央那層被做成裝飾櫃，花瓶裡插著一朵潔白的百合花。大概是舶來種的香水百合。

在我打工的超市裡，麵包賣場隔著走道的對面有家花店。因爲這種花長得實在太貴氣，令我印象深刻。我某次碰巧與花店工讀生一起午休時，基於好奇，曾問過對方這種百合花的名字。

修長的莖身上，左右各開出一朵碩大的花，宛如荷葉邊的花瓣高傲地翹起。花瓶前方還擺著以充滿光澤的黑曜石製成的長形物體。

「這算是類似工作室的地方吧，我會在這裡背台詞。」

所以才有用來檢查動作的鏡子啊。我感到自己被迫再次意識到，這個世界的惠理——添槇惠理子——真的是位女演員的事實。

「……」

「這是屋子裡唯一只有我才能進來的房間。話是這麼說，但屋裡也只有我和我老公住。」

「這……這樣啊。」

她是在暗示自己沒有小孩嗎？

畢竟我在信上單刀直入地寫下「我是妳兒子添槇城太郎」，還寫了「妳曾在幾年幾月懷孕對吧」。

站在我面前的添槇惠理子——藝名月森琶子的女演員——在那之後是流產了，還是選擇墮胎？又或者是偷偷生下我，把我藏在這個世界的某個角落呢？

我想，添槇惠理子之所以出現在我指定的公園裡，無非是擔心自己未成年懷孕一事被八卦雜誌還是諸如此類的狗仔發現。

添槇惠理子現在大概正在思考要怎麼隱瞞這個事實吧。或者，在這個世界裡，她根本沒懷過我？不可能。否則一個大明星不會躲躲藏藏地獨自前往深夜的公園赴約。

添槇惠理子背對著我好一陣子，撫摸書架上的書背。

她在想什麼？我好想告訴她，自己沒有要威脅她的意思。然而面對本人，我卻不知道該怎麼開口才好。

「那個……」

就在我遲疑再三、終於開口的那一剎那，添槇惠理子極其自然地轉過身來，與我正面對峙。

「城太郎同學……你眞的是我兒子嗎？」

「欸？」

添槇惠理子出乎意料的問題，令我發出毫無意義的驚呼聲。

「你為什麼要這麼驚訝？剛才那封信不是明確寫著『我是妳兒子添槇城太郎』嗎？」

「是、是沒錯啦，可是光靠這句話就相信我是妳兒子，也太不尋常了……我以為……如果是大明星，通常應該會認為這是一封恐嚇信吧？」

「有道理。這樣的話我還是確認一下好了。你知道哪些全世界只有我知曉的祕密嗎？如果我們曾經共同生活過，你至少知道一、兩個吧？那些我試圖隱瞞，但你知曉的事實。」

那件事應該沒有公諸於世吧，我想了一下才開口：

「妳剛出道當偶像時，眼睛整型過，動了雙眼皮手術。」

添槇惠理子微側螓首，用手托著下巴，過了好一會兒才回答：

「沒錯，確實有這回事！不愧是我兒子！你及格了，城太郎同學。」

「呃，什麼及格不及格的……」

「你信上寫的那段時間裡，我確實懷孕了。但是是不小心流產。我在胎兒還不穩定的時候，練舞練得太過拚命。」

流產。我果然沒有誕生在這個世界上。不過幸好是流產，而非墮胎。

即便如此，看過惠理的日記後，我還是能輕易地想像在那段時間裡，眼前這個人是以何種心情練習著激烈的舞蹈。

「原來我在平行世界成爲了母親，而且跟兒子城太郎相處得這麼融洽啊。」

添槇惠理子說道，拿起我剛才和信一起夾在雨刷之間、翻拍自手機裡的照片給我看。

我敏銳地抓住她說的一段話。

「平行世界？」

我其實也開始覺得，或許眞是這樣吧。可是，可是可是可是，眞的有這種事嗎？而且眼前這個人居然馬上就相信了。

「我們眞的一起玩過吧？因爲我現在正和老公沉迷這款遊戲。我們對玩遊戲的興趣相投，所以很談得來，也因此才開始交往，進而結婚。」

添槇惠理子給我看一本滿是五顏六色插圖的書，正是角色扮演遊戲《羅塞塔鑽石》的破關攻略。

這個世界的添槇惠理子大概有花不完的錢，如今正在玩《羅鑽》。這款遊戲早就退流行了，我以爲現在還有玩這款遊戲的人，大概只剩下我們添槇家三人。說到我們家，夜總會老闆娘每次給惠理的，都是已經退流行的遊戲款式。我頓時感受到超自然的因果關係。

「前陣子我費了九牛二虎之力才破這一關。當時我老公出外景不在家，我一個人大半夜裡興奮得手舞足蹈。」

「……」

「可是在另一個世界裡，我兒子就在旁邊，我可以跟他一起興高采烈地胡鬧。」

添槇惠理子目不轉睛地盯著手裡的黑白照片。

「一般人會這麼輕易地相信有平行世界嗎？」

就連我本人都不敢相信了。這裡是哪裡？該不會是什麼整人遊戲吧？我腦子裡塞滿像這樣的疑問，都快要瘋了。

「你不就是希望我相信，所以才選了這張照片嗎？《羅鑽》不也有像這樣的場景設定嗎，自己沒有出生的世界。」

「有嗎？」

「眞是的，城太郎同學，你不是也有在玩嗎？」

「其實不算有，我直到前陣子都還在準備考試……前幾天才開始玩。」

「所以你還沒玩到這一關？在平行世界來來去去的時候，出現了自己沒有出生的世界喔。」

「……」

直覺告訴我，這個人就是我的母親惠理，是在另一個世界的另一個惠理。

儘管說話方式和穿著打扮完全不一樣，給人的印象截然不同，但是沉迷遊戲、對遊戲裡的世界深信不疑的那種感性，活脫脫就是惠理本人。

「城太郎這個名字啊……」

「什麼？」

「……正是我為不幸流產的胎兒取的名字。因為我總覺得肚子裡的孩子是男生。我用這個名字祭拜他，用這個名字取了戒名（注），這件事只有我知曉。」

添槇惠理子說著，並拿出放在書架中間那層、供養在碩大香水百合前，那片充滿光澤的黑色長形石板。

「這是什麼？」

「牌位。因為是生活逐漸好轉以後才開始供養，所以我狠下心來花了大錢。雖然隔了一段時間才開始祭拜，但我一天也沒有忘記。」

黑色石板的表面刻著一大串漢字，這就是所謂的戒名吧。我盯著那排漢字正中央的「城」字，腦海中浮現出不合時宜的想法——原來還有這麼時髦的牌位啊。

我的視線落在斜前方的地板上，牙根逐漸咬緊。

「怎麼了？你的表情似乎感到很意外。」

「因爲……」

妳明明不想生下我。

「什麼嘛，說來聽聽？」

「……」

「我懂了，城太郎同學。在你的世界裡，你無意間看到我當時寫的日記了？你看了內容對吧？就是這本日記，我沒猜錯？」

添槇惠理子從花瓶後方拿出一本筆記本。我不太記得了，但當時我不小心偷看到的惠理日記，確實是這種樣式的筆記本。

這個世界的添槇惠理子也同樣保留著當時的日記。此外，雖說只有一朵，

注 日本人習慣在人死後，為死者另取一個佛教儀式的法名。

但她依然用應該所費不貲的香水百合裝飾牌位。這個事實彷彿像條救命的繩索，我忍不住脫口而出：

「我考大學落榜，自暴自棄地踢壞衣櫃，導致惠理和祭財愛的抽屜從衣櫃裡滑出來，結果不小心看到從抽屜裡掉出來的日記和照片。我猜測是《玻璃森林》的試鏡照片。」

「這張照片嗎？」

添槇惠理子從日記裡抽出一張老照片。

「……嗯。」

「原來如此。我明白你爲什麼會來到這個世界了，原來我們的感情好到你敢直接喊母親爲惠理啊，眞不甘心。」

「……」

「我可以想像你看完日記會有什麼感受，因爲我寫得確實很過分。當時我還太年輕，什麼都不懂……算了，別再爲自己找藉口了。」

添槇惠理子轉身把筆記本放回原位，用雙手攏起紅茶色的頭髮。在我的世界裡，惠理也是這個髮色。

「或許你不相信，但流產並非我所願。激烈練舞後，我因爲出血而昏倒在地……接著住院。我當時一直處於危急的狀況，躺在病床上，拚命懇求上天，求上天救救我肚子裡的小生命。」

「少騙人了。」

「就說不敢指望你相信了，這些也只是我在自說自話。我努力了好幾天，最後還是流產了。」

「……眞的嗎？」

「在你的世界裡，添槇惠理子還能親手擁抱剛出生的你。大家都安慰我，在那種情況下要母子均安眞的非常困難，但你的惠理卻辦到了。」

「那是她以在演藝圈成名的代價交換來的。她從此退出演藝圈，在夜總會工作，同時拉拔我長大。」

「這樣的話，不是我自誇，我還眞了不起呢！對了，你有弟弟嗎？我生了第二胎嗎？」

「什麼？」

「因爲你剛才提到還有個『祭財愛』。」

「哦，那是別人託惠理養的小孩，不過現在也等於是我的弟弟了。」

「這樣啊，聽起來很開心呢。」

「妳才是吧，不是和當紅炸子雞駒田航大結婚了嗎？我媽至今還是孤家寡人，爲了賺錢養我拚盡全力，大概根本沒空談戀愛。」

「先兆性流產住院……人生在那個時間點走上了不同的路呢，我的孩子。」

添槇惠理子垂下雙眼，輕撫黑色石板的牌位。

「既然妳都結婚了，接下來想生幾個都可以啊。」

「生不出來了。」

「什麼？」

「那次流產太嚴重，導致輸卵管有一條被堵住。我得到的那個角色相當重要，當時也忙得根本無暇好好休息，事後再來調養已經太遲，很難再自然懷孕了。」

「……」

「更何況，就算再生，也不會是同一個孩子，我的城太郎再也回不來了。」

我視線落在黑色的牌位上。我在這個世界裡變成了一尊牌位。

「……這是妳的真心話嗎？」

「是眞心話。不過我也再三強調，我不敢指望你能相信，誰教我太自私了。」

「可是……」

「沒錯，城太郎同學。要是我生下你，就無法成爲女演員。所以如果你現在要我做決定，我一定也無法抉擇。」

耳邊傳來的不再是只有好聽的實話，我終於從這個人的話裡感受到眞實感。

眼前的添槙惠理子讓我知道，從客觀的角度來看，惠理生下我之後，不可能完全沒想過若不是這個孩子，自己就能成爲成功的女明星。實現夢想、功成名就、變成月森琶子的添槙惠理子，以及生下我的母親惠理，兩人想的應該大同小異。

話雖如此，添槙惠理子悼念死去愛子的心情看起來也並無虛假。事實上，她不可能從看到我夾在雨刷間的信、到讓我進門的這麼短時間內，就立刻準備好刻有「城」字的牌位，這麼做對她也沒有任何好處。

「沒想到還能見到自己沒生下來的孩子，這是我有生以來收到最棒的禮物。」

「嚴格來說——」

「啊，我當然知道。嚴格來說，你是另一個世界的我生下的孩子。」

「嗯。」

「但如果我說，我也能理解你的惠理明知可能會被你發現，仍留下當時日記和照片的心情……你會生氣吧。但是總有一天，你肯定能理解的。」

「……」

「惠理無法捨棄自己最燦爛、只爲自己努力的歷史。我替她向你道歉，請你原諒她。」

添槇惠理子向我低頭道歉。

「……是這樣嗎。」

確實，我們家沒有租保險箱來收藏祕密的財力。所以只能藏在她自己的貼身衣物底下嗎？

「城太郎同學，我有個請求。」

「什麼請求？」

「可以請你也跟我一起玩嗎？」

添槇惠理子將《羅塞塔鑽石》的破關攻略舉到姣好的臉蛋旁，對我眨了眨眼。

於是，我就這樣和這個世界的添槇惠理子玩起了《羅鑽》。她玩的進度和惠理一模一樣。明明社經地位、舉手投足和氣質都天差地遠，居然會在這點上如出一轍，詭異到我不禁想抱怨「這是老天故意在捉弄嗎」。

她盤腿坐著，雙手握緊遙控器，身體往前傾，盯著畫面不放的姿勢也跟惠理完全相同。

在情緒莫名亢奮的添槇惠理子身上，我彷彿看見惠理在夜總會當老闆娘的左右手、忙到三更半夜的身影。我此刻心中的想法若脫口而出的話，或許帶著恨意也說不定。

「如果你認爲我與惠理不同，要什麼有什麼，那可就大錯特錯了。因爲惠理有著最重要的寶物，而我沒有。」

添槇惠理子不看我，逕自說道。

「惠理確實跟妳不同，要什麼沒什麼。」

「傻瓜，你是認眞的嗎？惠理的寶物就是你啊。」

我默不作聲，緩緩地搖頭。

或許就是因爲不相信，我才會來到這個世界。惠理不想生下我。這件事對我的打擊，大到足以把至今建立起的一切全都吹散到平流層。

都幾歲的人了，還說這種活像有戀母情結的話？被別人聽見大概會笑掉大牙吧。遺憾的是，雖然不想承認，但我確實有點媽寶的成分也說不定。

因爲我從小看著母親惠理辛苦養育我的背影長大，就連她令我傷透腦筋的衝動購物習慣，買的也都是要給我的名牌衣服或流行玩具、價值不菲的遊戲卡牌，這些過了一段時間就沒人要的東西。她從沒買過她自己喜歡的東西。

講出來眞的很害臊，但我從未懷疑過母親對我的愛，因此從沒想過她其實並不想要我。當時因爲打擊太大而理智飛走，但是看著眼前的添槇惠理子，想像著年輕時惠理的心情，我現在能理解，當她想到未來可能變成如此時，會考慮墮胎也是人之常情。

如果問我有沒有因此好過一點，憑良心說，我答不上來。或許很幼稚，但是對我而言，這就是絕望的眞心話。

不過我發現，如今的自己，已經可以將現在這種絕望，視爲會被歲月洪流一點一滴沖淡掉的情緒。

我握著遙控器，側臉感受到一股複雜又熱切的視線。那是由潰堤而出的母愛與傷感交織而成，神色哀戚的視線。

我突然想到一件事，開口問添槇惠理子：

「駒田航大知道妳不能生育嗎？」

「他都知道，也包括我未成年懷孕又流產的事。」

「這樣啊。」

因未成年流產而導致不孕的另一個惠理。幸好這個世界有人知道她的一切後，還願意接納、包容她的悲傷。我打從心底爲她感到高興。

那天晚上，我和添槇惠理子並肩站在廚房裡，幫忙她做菜。她的廚藝跟惠理一樣差勁，一樣笨手笨腳，下調味料的重手一樣不可理喻。我教她兩道短時間內就能完成的料理。

我雙手捧著盤子，把飯菜端到寬敞得足以用空曠來形容的客廳餐桌上，同時背後傳來添槇惠理子的聲音：

「這個牌子在你那邊的世界也很流行嗎，城太郎同學？你看起來不像是會戴首飾的人，但終究還是時下的年輕人呢。」

她用大拇指和食指捏著我爲了做菜而摘下的Crossroads戒指，仔細端詳。她大概是從刻在內側的Crossroads小字認出品牌。

「哦，那個啊，那是我國中退出社團時朋友送的。」

我簡單扼要地說明這枚戒指的由來。

這是只有關鍵時刻才會戴的戒指。我想起今天戴上這枚戒指，就是爲了看放榜的結果。感覺那已是很久很久以前的事。明天會再見到瑚都，她對男生戴戒指有什麼看法呢？現在很多男生都會戴了吧，我心不在焉地想著，把戒指收進牛仔褲的口袋裡。

我吃著添槙惠理子做的重口味番茄醬燒豬排，聽她聊起最近舞台綵排的事。從剛剛她亂七八糟的做菜流程裡就有預感了，添槙惠理子做的番茄醬燒豬排，果然與惠理做的味道相似得驚人。

我教她做的泡菜豬肉，以及用微波爐就能搞定的醬燒茄子，都是惠理最愛吃的料理。果不其然，這兩道料理都贏得添槙惠理子發自內心的大力稱讚。

添槙惠理子讓我去洗澡後，我們玩了一整夜的《羅塞塔鑽石》。確實在平行世界來來去去的過程中，我經由遊戲體驗到自己沒有出生的世界。

對我而言，與是惠理卻又不是惠理的添槙惠理子共度的時間，是一段筆墨難以形容，但意外愉悅的時光。

自從知道自己是差點被拿掉的孩子後，我的體內就變得有如石頭般僵硬，連喉頭的肌肉都繃得死緊，無法順利呼吸。如今，雖然只有一點點，但總算感到稍微放鬆了。

我在日記裡看到的事實並沒有改變，但事實的背後有苦衷，苦衷裡有感情。要我說的話，這一切都是因爲她的心。無論是墮胎還是流產，惠理的苦衷都來自於她的心，是她的心左右了她的行動。

在這個世界裡，我果然沒有出生。這是個沒有我的世界。雖然無法證明，但應該是這樣沒錯。

我眞的從名爲「Another World」的網站來到另一個世界，而且在當時的情況下，我強烈盼望能去到自己沒有出生的世界。

這個世界的添槇惠理子相信我說的話。這是正常情況下絕不會發生的奇蹟，我實在無比幸運。

「你沒有地方住，想必也沒有錢吧？」

添槇惠理子親手交給我一個信封，說是暫時的生活費。我下意識往信封袋裡看了看，大吃一驚。裡頭有好幾張一萬日圓大鈔，至少有十張左右。

我不能收。我把差點收下的信封還給添槇惠理子，結果又被她塞了回來。

「我其實想讓你住下來，那樣我比較放心，也不用給你這麼多錢。可是……我老公明天就回來了，所以也不好讓你住下。」

「這是當然。」

「所以至少拿這些錢去住商務旅館吧。」

「嗯……謝謝妳。」

結果我還是接受了添槇惠理子的好意。

「你會回去吧？城太郎同學。」

添槇惠理子最後這麼問我。

「說實話，我想把這一切告訴我老公，想跟你一起生活。我其實認為只要多花點時間，好好地跟他解釋，他應該就會相信，但又覺得不能這麼做。」

「我明白。」

「你大概跟我想表達的不是同一件事。我的意思是，這裡不是你該逗留的地方。你知道要怎麼回去嗎？還是接下來才要摸索回去的方法？」

「……」

我的手機連不上網路，唯獨能連上一個網站。自從來到這個世界後，我便發現了這個不可思議的現象。

5

隔天，在添槇惠理子的目送下，以及配合與瑚都約好的時間，我離開了她的豪宅。我與添槇惠理子道別，走向車站。走了好長一段路，最後在轉過街角時回頭瞥了一眼，發現她仍不放心地站在家門口。

我轉乘電車，回到自己原本住的社區。車站對面，與我住的公寓反方向是瑚都父母經營的小花烘焙坊。

走到昨天送瑚都回家的店門口後，自動門如瑚都所說的並沒有打開電源。

我很好奇既然不開店，會有工作可以給我做嗎？我邊想邊轉進烘焙坊旁邊的巷子，走向瑚都家的玄關。

大大地深呼吸三次後，我按響門鈴。相較於店門口是充滿開放感的整片玻璃，這一邊連扇大門都沒有，只有類似側門的玄關。

瑚都開朗的聲音自屋子裡傳來，玄關門從內側向外打開。

「來了——」

她今天也化了很漂亮的妝，米白色的運動服加牛仔褲，服裝比昨天休閒，棕色的頭髮也紮起馬尾。還不到明艷照人的程度，我卻覺得穿便服的瑚都莫名地成熟，令我有些困惑。這也難怪，畢竟昨天和今天加起來，我也只見過她兩次。

但我就是覺得哪裡不太對勁，百思不得其解。說是不太對勁……難道是我內心接受不了、無法消化？但到底是哪裡不太對勁，又接受不了什麼？連這點都搞不清楚的話，根本無從說起。

一定是我還不習慣把頭髮染成棕色、妝化得很漂亮的瑚都。

「添槇同學？」

「啊，抱歉。」

我好像一直杵在門口，沉浸在自己的思緒裡。

「我現在就爲您開門……不對，是爲你開門。抱歉，可以請你再回門口一趟嗎？」

「了解。」

瑚都收回恭敬的語法，試圖縮短我們之間的距離。我內心湧起喜悅的情緒，二話不說地回到店門口。

瑚都爲玻璃自動門解鎖，用手推開滑動式的門。

那枚銀戒今天也在瑚都的無名指上閃閃發光，看起來已經戴得很習慣了，我不禁心灰意冷。我應該沒有被昨天才剛見面的這個瑚都吸引才對。雖然對眼前的瑚都充滿好感，卻沒有感受到撕心裂肺的痛楚。

然而，看著眼前瑚都戴戒指的模樣，會讓我聯想到在自己的世界裡，那個盤踞在我心頭好幾年的女孩，也戴著相同的戒指，戒指也同樣在她指間閃閃發光。我覺得好痛苦，痛苦極了。

「謝謝。」

我感謝她用手幫我推開大門。

「不客氣，我才要感謝你。」

走進去後，這次換我動手關上自動門。我第一次用手推自動門，門非常重。

接著回頭看去，差點一口氣噎住。

瑚都！不對，有兩個瑚都！

「嚇了你一跳吧？我們是雙胞胎，這位是我姊姊緒都。」

「我是瑚都的姊姊，花辻緒都。」

一名不僅與瑚都長得一模一樣，還穿著相同運動服加牛仔褲的女孩子，正無聲無息地站在一旁，頂多只有運動服是淺黃色這點不同。

是緒都啊。瑚都有個長得跟她一模一樣的同卵雙胞胎姊姊，這明明是我再熟悉不過的事實，卻嚇得我腿都軟了。因爲眼前這個緒都脂粉未施，仍是黑髮，與我記憶中的瑚都幾無二致。

升上高中後，我曾幾次在車站撞見她們姊妹倆並肩同行。不同的制服，但兩人都習慣把長髮在兩側紮成雙馬尾。

即使變成高中生，我依然能清楚區分兩人的差別，而且有自信就算穿的不是制服也分辨得出來。所以我驚訝的是自己看到緒都，卻以爲是瑚都的事實。

高中畢業、考完大學的此時此刻，瑚都已經爲了迎接大學生活而開始打扮，緒都卻還跟以前一樣……這或許是兩人第一次出現顯著的差異也說不定。

緒都朝我點頭致意，抬起頭，一臉不知接下來該如何是好，筆直望向前方。我就站在她的正前方，眼睛也在同一個高度，但視線始終沒有與她對上。

緒都看著空氣，凝眸深處有一道未知的光芒，深不可測，連強弱都無法判斷。那並不是那種聰明伶俐、看穿人心的眼神，卻彷彿要將人拉入無底深淵、不許對方移開視線……教人難以理解的光芒。

「我是添槇城太郎。」

隔了幾秒不太自然的沉默後，我也向她低頭致意。

緒都打完招呼就立刻躲進店面後場。那裡大概有通往住家的走道或樓梯吧。

「緒都同學雖然還是以前的模樣……但該怎麼說呢，似乎是發生了什麼事啊……」

目送緒都的背影離去，我不知不覺地脫口而出。

「什麼？」

「啊，沒有，沒什麼。」

或許是我不自覺地沒稱姓氏、直接喊了緒都的名字，讓瑚都覺得很可疑，只見她的音量大到把我嚇一跳。

「那個，因爲我請你直接喊我的名字，所以你能直接喊緒都的名字的話，我也會很高興。」

「這樣啊，說得也是，那就這麼辦吧。」

「真不好意思呢。」
「怎麼說？」
瑚都低著頭，撫順根本不亂的頭髮，字斟句酌地說：
「緒都的樣子不太正常吧？最近發生了令她身心俱疲的傷心事，所以她一直把自己關在房間裡。我告訴她你要來的事，但沒想到她會下來打招呼，我反而有些意外。」
「這樣啊。」
「嗯。」
所以我才會覺得她變了嗎？
「別擔心。」
「咦？」
「雖然我不曉得發生什麼事，但該怎麼說呢，她的眼神還沒有完全失去光彩。她現在的情緒或許很低落，但之後一定能重新振作起來。」

連我都覺得這句話說得有夠不負責任，但緒都的眼神確實還沒死透。到底發生什麼令她身心俱疲的傷心事？大概是像我現在遇到的狀況吧，感覺一切天翻地覆，過去認為是白色的東西全都變成黑色。

我或許把自己經歷的巨變，投射到現在的緒都身上了。

我或許在她身上看到自己的影子。也就是當時自暴自棄、抱持著認為「『另一個世界』大概就是死後的世界，死也沒關係，讓我見識一下吧」的心情，點進了平常大概連看都不想看到的網站裡。

「是嗎。如果看在他人眼中是這樣的話，可能眞的不要緊吧。」

「這只是我的直覺啦……猜中了嗎？」

我並非故意裝傻，而是眞的想知道到底是什麼原因。

「你好奇怪啊，城太郎同學。」

「妳總算肯叫我『城太郎同學』了。」

「是嗎？之前都不是這樣叫的嗎？」

瑚都誇張地歪著頭，似乎是要掩飾害羞。

「這個稱呼比添槇同學親切多了。我從小就因爲太郎這個名字太普遍了，大家都跳過『太郎』，直接喊我『城』，我的綽號就是『城』。」

「欸，眞的嗎。嗯……但一下子實在很難改口。」

「我想也是，慢慢來吧。」

畢竟我也不敢直接喊她的名字，還是稱呼她爲「瑚都同學」。

「可是我很高興聽到你這麼說喔，希望你也能逐漸和我們打成一片。謝謝你將情緒低落的緒都放在心上。」

「別這麼說，我這個外人也不該隨便問的。妳們是住在二樓嗎？」

我想轉移話題。

「對。現在只有我們兩人住在樓上，父母都去英國了。」

「嗯，妳提過這件事，所以妳爺爺才要來幫忙烤麵包吧？」

「沒錯。而且我想依據爺爺以前在這裡工作時的照片，盡可能把這裡改造成他便於使用的環境。」

這件事未免也太古怪了。或許是因爲我現在才清楚意識到，她說父母暫時不會回來時一事所透露出的疑點。

「暫時」是多久？父母丟下兩個十八歲的女兒，跑去英國暫時不回來——到這裡我還能理解，畢竟她們兩人都是準大學生了，而且也不是沒地方住。

問題是，必須改動家裡的裝潢，讓爺爺來打理烘焙坊又是怎麼回事？意思是指兩個女兒的學費、生活費，都要靠爺爺經營這家烘焙坊來支應嗎？所以瑚都才說她必須好好地協助爺爺？

別人的家務事由不得我這個外人置喙，所以擔心歸擔心，也不好再深入追問下去。

在那之後，我與瑚都根據褪色又皺巴巴的照片，開始試圖讓烘焙坊恢復以前的模樣。

瑚都準備了兩人份的口罩，充滿幹勁地將運動服的袖子捲到手肘上方，長髮也牢牢地在後腦杓紮成一束，不復昨日的輕柔飄逸。

「瑚都同學！營業用的烤箱別那麼用力硬拉，萬一變形就糟了。」

「咦，眞的嗎？可是後面髒兮兮的啊。」

「別這麼說，烤箱門可是調節溫度的關鍵。」

我們試圖移動沉重的營業用烤箱。

爺爺使用過的營業用烤箱被塞在一旁的櫃子裡，滿是塵埃。氣派的麵包窯如今正盤踞在烘焙坊最好的位置，而且是那種沒有蓋子、專門用來烤英國吐司的窯。

我和瑚都姑且想把營業用烤箱從櫃子裡移出來，雖然還沒被現實擊倒，但對於我們現在做的是否正確，我其實也沒有自信。一旦對自信感到懷疑，便立刻感到營業用烤箱比剛才更重、更難移動了。這或許就是天意吧。

「瑚都同學，要在麵包師傅不在的情況下，還原他實際的工作環境實在很困難耶。」

「話是這麼說……」

瑚都不服氣地噘著嘴，我知道這是她從小學就有的習慣。

「妳爺爺什麼時候會過來？」

「我猜最晚再過一個禮拜就會來了，他現在還在交接自己的店。我爺爺名叫花辻京三，聽說在業界算是小有名氣的人喔，你聽過嗎？」

「抱歉，沒聽過呢。我才打了兩年工，只知道烤麵包的方法，完全不知道誰是業界的名人。」

「這樣啊。在麵包店打工還挺稀奇的，我還以為你是因為對這方面有興趣，原來不是嗎？」

「單純只是因為時薪比較高罷了，而且那也不是獨立的麵包專賣店。只是因為我打工的超市有自己的烘焙坊，剛好被分配到那個部門而已。那份工作很需要體力，所以時薪比較高。」

瑚都噗哧一笑。

「什麼了？」

「時薪比較高，這句話你說了兩遍。」

「這可是攸關生死呢。」

「這樣啊……」

「怎麼了嗎？」

「沒什麼！那麼接下來呢，請問曾當過一陣子麵包師傅的人，認爲該怎麼做才好？」

「都說我不是麵包師傅了。」

「好、好。那請問曾在烘焙坊打工的小哥，接下來該怎麼做才好？」

我往四周看了一圈。

「總之，現在只能先處理那邊吧？」

我指著收銀機周圍和陳列麵包的架子。

一樓分成烘焙麵包的區域、店內區、辦公室、洗手間、儲藏室，以及以前還是住家的時候所留下的餐廳兼廚房，麻雀雖小，五臟俱全，整層的一樓都可以穿著鞋子走來走去。

「說得也是，光是讓那裡變回爺爺時期的模樣也是一項大工程呢。」

瑚都環視店內的空間，輕聲嘆息。架子的配置與照片裡的完全不一樣。

我認爲現在這樣也很好，很現代化，非常有型。我正想勸她現狀也很好，要不要跟爺爺討論一下再說……但想到爺爺的心情，大概也不適合吧。而且，如果少了改造店面的工作，爺爺還沒來的這段時間我就沒事做了。

「現在這樣其實比較酷、比較有時尙感呢。」

瑚都看著照片，摩挲下巴，陷入沉思似地喃喃自語。

「對啊，我也有同感。可是也不能全部保持原樣，讓爺爺難免想起『我是被趕出去』的過往吧。店面改裝後，妳爺爺來過嗎？」

「來過喔。媽媽當初連店名都想換掉，這點不止爺爺，就連爸爸都反對。爸爸感覺也是很左右爲難。」

「我有辦法了！」

「什麼？」

「店面由妳決定吧。既不是爺爺的時代，也不是令堂製作英式麵包時的陳設，而是妳理想中的模樣。」

「欸——這樣好嗎？我既沒有美感，也沒學過空間設計。」

「年輕人的感性反而比較容易被接受吧。」

「嗯……爺爺那個時代的店面……確實不太行呢。但會不會反而很新穎？趕上所謂復古的潮流？」

褪色照片裡的空間，只是把麵包架排列得中規中矩，一點趣味也沒有。

「並不會，那樣只有過時感。」

「說得真不留情啊，城太郎同學。」

「來研究一下好了，反正現在有網路可查。」

我邊說邊想拿出自己的手機，這才想到自己的手機連不上網，又把手從臂部的口袋抽回來。

「有道理。」

「那來搜尋看看吧，看看時髦又流行的烘焙坊店面長什麼樣子。」

「沒問題，那你跟我去後面的辦公室吧，我來開電腦。」

「啊，等一下……」

我看著瑚都大步邁開的背影，正想告訴她「不用那麼麻煩，用手機就可以查了」。可是看到她的背影後我懂了——她非常喜歡我的建議，心情為此雀躍不已。而且要查詢的話，用電腦也比較好，電腦的螢幕較大，更容易掌握住資訊概念。

「你也來看吧，我打開電腦了。」

瑚都的聲音從位於烘焙坊角落敞開的門裡面傳來。那裡大概就是辦公室吧。

她坐在電腦前的椅子上，手裡握著滑鼠，一臉若有所思地瞅著我。

「妳想要什麼樣的感覺？」

「有名的烘焙坊果然都很漂亮呢，像是法國、北歐或英國風，賣歐式麵包的店面大抵都是這種感覺。」

瑚都挪了挪身體，讓我能清楚地看到畫面。

「嗯……」

我從未想過烘焙坊的裝潢要與賣哪國麵包搭配的這類問題。

「對吧？我媽設計的裝潢才是主流吧？」

「稍等一下。」

瑚都輸入搜尋的關鍵字是「烘焙坊」、「受歡迎」、「有名氣」。用這些關鍵字，會搜尋到這類店面也是理所當然。從招牌到外觀，再到店面全都是洗練的風格，就連商品價位也高到讓人差點眼珠子掉出來。

我把關鍵字改成「吐司」、「知名」。她爺爺做的大概是那種蓋上蓋子下去烤，日本人最熟悉的方形吐司。

「哇！」

「看吧。」

「烘焙坊居然有日式風格的店啊。」

「對呀，妳覺得這間怎樣？」

我從網站上依序介紹知名吐司的網址中，點進某個店名使用漢字的店家官網。

「哇！這種模樣的也好別緻啊。用籃子裝麵包也充滿落落大方的感覺。」

相較於把長棍麵包和短棍麵包插在籃子裡，營造出彷彿散發著剛出爐香氣的氛圍；讓麵包橫躺在籃子裡，則能讓人聯想到吐司濕潤紮實的觸感。

「或許可以使用竹籃來裝？」

「和紙也不錯。」

「這樣也會讓吐司和鹹麵包看起來很好吃。」

「爺爺做的吐司很好吃喔。媽媽做的麵包也很美味，但爺爺的吐司有一股從以前傳承到現在的味道，讓人感覺放心，真的很好吃。」

「嗯，我想也是。畢竟妳爺爺很有名嘛。」

「對呀。」

「既然如此，不用營造出外國的氛圍也沒關係，妳的任務，就是把店內改造成能表現出爺爺的麵包優點、等待他過來。」

「是嗎……嗯，你說得沒錯。這樣我有幹勁了。」

「太好了。」

瑚都轉個身，指著店面的某個方向。

「正中央不是有根柱子嗎？那根圓圓粗粗的柱子，在房屋構造上其實可有可無，是我媽額外請人做的。」

「這樣啊，是爲了增加擺放麵包的棚架嗎？我看那根柱子的周圍釘了一圈架子。」

「爺爺的麵包以吐司爲主，頂多再加上幾款鹹麵包，所以根本不需要那麼多架子。」

「原來如此。」

「我從以前就覺得那根柱子很礙事，從這邊看不到對面，感覺店內好狹窄。有沒有辦法處理掉它啊？」

瑚都口中的柱子就擋在店內幾乎正中央的位置，要是沒有那根直徑超過一公尺的柱子，整間店面的視野確實會比現在開闊許多。

「既然是原本構造上就沒有、後來才加上的話，應該可以拆掉吧。讓我瞧瞧。」

我回到前場店面內，研究那根柱子的構造。看樣子裡面是中空的，只有上下兩頭以焊接的方式固定起來。

「感覺如何？」

我蹲在柱子前面，用手指按著焊接面思索時，頭上方傳來瑚都的聲音。

「這種程度的話，我大概能處理吧。我們家是老公寓，經常要東修西補，或是把不好用的東西改造成好用的東西，房東也隨我們胡搞瞎搞。」

「哇！得救了！」

瑚都把雙手交握在胸前，大喜過望地前後擺動。

「妳不想花錢，也不想讓裝修工人進來吧？」

「不想！而且也沒有那麼多錢！爸爸臨走前留給我一本存摺，要我交給爺爺，如果店面需要整修，可以動用裡頭的存款。所以我們可以從裡面挪用一點錢來買竹籃、和紙之類的東西。」

「有沒有這筆錢差很多耶。」

「眞的嗎？我突然覺得好期待。」

「我也是。」

可以把店面改造成自己想要的樣子。可以把以賣英國吐司爲主、低調奢華、非常有質感的店面，改造成以吐司爲賣點、成熟穩重的日式摩登空間。

這天，我和瑚都把電腦從辦公室移放到店裡的桌上，一起篩選出幾家可以用來參考的店面，並想了幾個改造空間的方案。瑚都把想法畫成草圖，再由我用電腦重現成立體的空間。

「這……城太郎同學，你好厲害啊！你怎麼這麼會用電腦？」

「這是我的興趣，我還會寫程式。」

這台電腦的速度比我家那台惠理向夜總會老闆娘要來的電腦快多了，圖像也精美不少。模擬出瑚都想像空間的感覺就像在玩遊戲，我還有玩點上癮了。

「你會ＤＩＹ、會用電腦、還會做麵包……太厲害了。莫非我挖角到一個強大的幫手？」

「才沒有，我不會做麵包！我只知道做法，麵包還是要請妳爺爺做。」

「話是這麼說，但你還是幫了我大忙！能認識你是我的榮幸。」

「好說好說。不過話又說回來，光靠畫面中的感覺……」

「得實際走一趟，才能知道現場的感覺和立體的空間感呢。」

「要去看看嗎？」

「好啊。」

有三家我們想特地去考察的店，都在走得到的範圍內，於是我和瑚都決定親自去看看。

具體的方案是拆掉圓柱，在那裡設置陳列麵包的桌面。光是這樣，應該就能減少陰暗的部分，讓店內充滿自然光。到時氣氛應該也會截然不同，再說，在她爺爺的時期並沒有那根柱子。所以光是拆掉柱子，就能充分表達歡迎爺爺的心意。

瑚都說她打算撤掉所有放麵包的架子，重新設計棚架的擺法。因爲爺爺做的麵包沒那麼多種，即使拿掉圓柱周圍的部分，以目前的架子數量來說，還是太多了。

最後我們的結論是，最好先讓店面規劃處於一張白紙的狀態，再去觀摩想參考的店。若我搞不定圓柱，就必須請業者來處理也說不定。但其他的部分，例如組合式的麵包架，集合兩人之力就能拆解。

「架子部分大概多久才能處理完畢？」

「大概要花上五天吧。首先，拆解這種棚架需要專門的螺絲起子，還需要六角扳手，妳這邊有嗎？」

我檢查棚架的接合處問道。

「應該有吧。問題是……收到哪裡去了……」

瑚都露出茫然的表情，太陽穴都要滲出汗水了。

「先別擔心，瑚都同學，這些都已經不要了對吧？」

「嗯，不要了。也沒有地方放。」

「那就先量好洞的大小，去買螺絲起子和六角扳手。不行的話還可以用電鋸。明天去五金行買吧。」

「嗯，就這麼辦。圓柱沒那麼容易拆掉吧？」

「沒錯，必須先上網查一下。我會盡力而爲，但也請妳做好心理準備，最壞的情況可能得請業者來處理。」

「了解。那麼參觀烘焙坊一事就先擱置。不過，只花五天就能拆完這些架子也很厲害了。」

「我只是估個大概啦，要實際做下去才會知道。」

「一起加油！我也會幫忙！」

「嗯，加油！」

我和瑚都說好，明天一起去五金行買拆解麵包架需要的工具。我沒用過電鋸，萬一真有必要，也只能硬著頭皮上了。

測量好架子的螺絲尺寸後，我拍下照片，和瑚都約好明天會合的地點和時間，今天的打工就到此結束。我用手奮力推開尚未通電的自動門時，背後傳來瑚都的聲音。

「那就明天見啦，城太郎同學。啊……緒、緒都？」

瑚都夾雜著詫異、語焉不詳的驚呼令我回過頭去。只見緒都就站在我背後，身上仍是那件我今天過來時看到的黃色運動服。

「那個……打工辛苦了。非常感謝你來幫忙。」

緒都搖搖晃晃地深深一鞠躬。看她連站都站不穩的樣子，難怪沒有腳步聲。

「不不不，只是打工而已，不需要向我道謝。」

「都怪我身體不舒服，什麼忙也幫不上……害瑚都必須一個人死撐……」

緒都說到這裡，掩住嘴角低下頭去，貌似流下淚水。她到底懷著多麼痛苦的事？她氣色似乎很差，雙頰彷彿都凹陷進去了。

「緒都，之前就說妳不用放在心上了。別勉強自己，忙完之後我就會上樓，好嗎？」

瑚都一手放到緒都的背上，窺探她低著頭的表情。

「嗯……」

我現在才發現，瑚都比緒都高一點點。想當然耳，就算是同卵雙胞胎，身高也不見得一樣。

瑚都和緒都站在一起的畫面，是我來到這個世界以後，遲遲不能習慣的抽象畫。大概是因爲在我原本的世界裡，緒都給人的印象比較成熟，如今兩人氣場卻顛倒過來，變成是瑚都在照顧緒都。

「緒都，眞的不要緊，妳先上去吧。城太郎同學非常可靠。」

緒都點點頭，總算轉身上樓。

瑚都憂心忡忡地目送緒都的背影離開，看起來就像擔心小妹妹的姊姊。

直到緒都的背影完全消失在視線範圍內，瑚都走到我身邊那扇被我推開的自動門前。

「緒都眞的很沒精神對吧。飯也不吃，所以一直瘦下去。她居然還有體力下來迎接你，甚至跟你道別，老實說嚇了我一大跳。」

「緒都同學也有她自己的想法吧。大概是覺得老給妳添麻煩，至少要下來跟工讀生打聲招呼。別擔心，她一定沒問題的。」

「說得也是，謝謝你。」

「不客氣，我什麼也沒做。明天見。」

「嗯，明天也要麻煩你了。」

我與瑚都道別，邁步前行。不知道哪家商務旅館還有空房間呢？

背後是如今只有姊妹倆一起生活的花辻家，我繼續往前走著。

來到自己沒有出生的世界，在這裡接觸到不認識我的瑚都。沒有被我連累、順利參加中學考試的瑚都。

所以呢？我不是這個世界的人，連住的地方都沒有。剛才跟我說再見的瑚都，大概以為我一定是要回自己家吧。別說自己家了，這個世界根本沒有我的容身之處。

「唉……」

好想去買衣服啊。

我腦中突然冒出這個念頭，大概想藉此逃離紛亂的思緒。

就連這種時候，青春期男生的腦迴路依舊正常運作著，想著不能總在瑚都面前穿同一件衣服。

晚上八點。寒風刺骨的景色沉入夜色裡。大型商場應該還沒打烊吧。

6

昨天晚上，我衝進快打烊的購物賣場，買了兩、三套便宜的衣服和背包，在車站前的商務旅館訂到不含早餐的便宜套房。這下總算能洗個澡，躺在床上睡覺了。原來床睡起來是如此舒服，令我大吃一驚。

我打從心底感謝因爲「你應該需要錢吧」而大手筆給我十萬日圓的添槇惠理子。

多虧有這筆錢，我才能打扮得神清氣爽去見瑚都。

我和瑚都爲了買齊拆解棚架需要的工具，一早就搭公車去大型量販中心。六角扳手是成束販賣，所以只要買一束回家，至少一定會有一支可以使用。但螺絲起子該怎麼辦呢……我坐在賣場裡，一把一把拿起螺絲起子，用我帶來的尺測量前端的直徑和溝槽。因爲測量得太過專心，我在這裡似乎花了很多時間。

「喏，這個就可以了吧。」

背後傳來些許煩躁的聲音。

「什麼？」

我轉過頭去，發現瑚都雙肩各扛著一把巨大的斧頭！從下面的角度看上去，實在有夠驚悚。

「瑚都同學……那玩意兒妳是從哪弄來的？」

「那邊。反正都要報廢的話，用這個比較快吧。」

「不不不，這也太——」

「就這麼決定了！不顧一切地用這個砍下去，一定會很痛快。」
這麼說也是有點道理……瑚都的建議有著令我心醉神迷的魅力。
「也對，說得也是。」
我站起來。
最後我們還眞買了斧頭回去。不過我判斷讓瑚都使用太危險了，所以其中一把選了小一點的尺寸，還買了應該能確實保護好頭部和臉部的林業用全罩式安全帽。
「這會不會太誇張了？」
回程的公車上，瑚都雙手捧著林業用安全帽，從各個角度仔細端詳地說著，看起來很開心。
「我想沒經驗的人要駕馭斧頭，可能沒有想像中得容易。」
「嗯，那就交給你了，盡情地破壞吧。」
瑚都露出皓齒，對我展現我最喜歡的笑容。

回到小花烘焙坊後，我們先爲牆壁和自動門貼上保護用的塑膠布，接著我立刻戴上林業用安全帽，開始進行拆除工作。我雙腿紮穩馬步，舉起斧頭，用力地朝棚架揮下去——伴隨著震耳欲聾的噪音，最上面的棚架頓時一分爲二。

「瑚都同學，這裡太危險了，妳退後一點！再退！再退再退！別過來！」

「欸——可是你看起來好開心的樣子，我也想試試看。」

瑚都也戴上林業用安全帽，雙手握著小一號的斧頭，左搖右晃，滿臉躍躍欲試。但我還是覺得這對女孩子來說太危險了。而且因爲氣喘的毛病，瑚都恐怕都沒怎麼在運動，像是小學的體育課時都只是在旁邊看。

「妳把我劈碎的木材砍成可以拿去丟掉的大小好了。」

「包在我身上！」

瑚都被我說服，逕自拖出堆在角落的木材。

這種感覺太爽快了！我專心地揮下斧頭，棚架就在我眼前變得支離破碎。

木材破裂的聲響、有如新鮮樹木般的青草味、漫天飛舞的塵埃與木屑。木材的碎片到處亂飛，砸在透明的面罩上時，竟如慢動作似地看得一清二楚。

我彷彿陷入一種錯覺，無論是惠理的過去，還是不肯原諒她的小氣自己、搶走心上人未來發展的事實，這些種種都被我親手砍碎到再也不可能修復。我最後宛如進入無我的境界。

回過神來時，瑚都正以菩薩半跏像（注）般充滿慈愛的表情看著我，我慌得差點把斧頭掉在地上。是我隔著面罩看錯了嗎？瑚都看到我發現她後，看似慌張地開始用小一號的斧頭劈開眼前的木材。

一整天結束時，屋裡已亂得不得再亂，儼然颱風過境的慘狀。但我的心情反而豁然開朗。明知什麼問題都沒有解決，眼前只是一時的痛快，但內心依舊

注 左腳踩在地上、右腳盤腿橫放在左大腿上，以手支頤呈現出思索狀態的佛像。

對提出要買斧頭的瑚都充滿了感謝之情。

作業進入第二天，我拉開小花烘焙坊的玻璃自動門，一走進去，緒都便從二樓下來，站在出來迎接我的瑚都背後，向我點頭打招呼：「早安，今天也非常感謝你過來。」結束作業回家時，她也說了同樣的話。

第三天變成「早安，今天也感謝你過來」，去掉了「非常」兩個字。我和瑚都東拉西扯地討論當天的作業進度時，緒都在場的時間也從第一天的三分鐘、第二天五分鐘、第三天十分鐘、第四天二十分鐘……慢慢愈拉愈長，第五天時還想幫忙把垃圾裝進袋子裡，但遭到瑚都的阻止。

即使做球給緒都，她的回應也很小聲，而且語氣十分拘謹，但終究是有進步，拘謹的語氣也漸漸變得輕鬆起來。

至於我，與緒都相處的時間愈長，內心感覺到的異樣感愈發強烈。彷彿有什麼東西近乎暴力地撕扯著我蒙上一層迷霧的腦袋，而這種狀態令我十分苦惱。

第五天，這股異樣感終於達到最高峰。

我和瑚都充滿幹勁，打算在今天結束拆解作業。

「不如來比賽吧！把它變得像遊戲一樣有趣，也能比較快結束。」

瑚都堅持道。

「要是我答應跟妳比賽，就會變成只有我一個人在工作。誰教我對遊戲這兩個字最沒輒了。」

我跟她討價還價。

這時，緒都莞爾一笑。

「咦……」

當我看到緒都臉上的笑容，不由得僵住了。因爲她的表情詭異到不知能不能稱爲笑容，就只是臉部肌肉放鬆、嘴角微微上揚而已。

與瑚都有如向日葵般的笑臉相差十萬八千里。

儘管如此，我仍像被施了定身咒般，全身動彈不得。

「城太郎同學？」

「……是！」

瑚都的呼喚解除了定身咒。

剛才那是……怎麼回事？就像似曾相識、隔著毛玻璃看見令人懷念的風景，我的胸口一陣焦躁。即使緒都本人已回到二樓，那股感覺仍殘留在心底，揮之不去。

雖然發生了這段插曲，我們還是按照當初的進度，在五天內成功拆掉所有的棚架，好幾袋裝滿廢棄木材的塑膠袋在角落堆成一座小山。其實今天早上已經盡量趁丟垃圾時丟過一輪了，無奈數量實在太多，只好慢慢清掉。

「現在看起來空間還挺寬敞的呢。」

在空無一物的空間裡，彷彿有什麼新事物即將發生。

「嗯，再來只剩這根柱子了。」

我摸了摸中空的圓柱。

「對呀。」

「終於可以去烘焙坊參觀了。」

「先拍個照吧，拍下什麼都沒有的狀態。畢竟我對這樣的空間也很陌生。」

「也好。」

瑚都用自己的手機拍下各種角度的照片。拍完一堆照片後，我和瑚都討論好明天去參觀烘焙坊的大致行程及出發時間，今天的打工就這樣結束了。我拉開已經拉得很習慣的玻璃自動門，離開瑚都家兼烘焙坊。

明天預計與瑚都參觀三家烘焙坊。拆棚架的這五天以來，瑚都和我白天都在一起，兩人一口氣拉近了距離。我發覺我與瑚都其實很合得來，即使性格相異，但本質上的思考模式很接近，所以相處得愈來愈舒服。

第六天，我們終於展開研究店面陳設的烘焙坊巡禮。

第一間去的是「吐司淺乃」。

這是間老字號的日式糕餅店，從店門口往馬路上斜斜地掛著巨大的遮陽簾，藍底的簾子上只印有白字的店名。貫徹到底的極簡化路線反而讓這家店顯得新鮮又充滿時尚感。

瑚都在內用區品嚐這家店主打的吐司，我則吃著咖哩麵包。

然後我們並肩坐在前往第二家店的電車上。瑚都懷裡捧著購物袋，從剛才就一臉若有所思的表情。

「怎麼了？有什麼問題嗎？」

「好好吃喔。明明我們只是來研究店內裝潢。」

「就是說啊。」

「城太郎同學，你有什麼想法？像剛才那種純日式的烘焙坊很罕見吧。」

「是很罕見，而且排隊買吐司的人還不少，可是啊……」

「可是什麼？」

「客層主要都是有錢人吧？」

我當時立刻發現那家店與添槇家無緣。

瑚都以極爲誇張的動作轉向我，右手握拳，擊向左手的掌心裡。

「你也這麼覺得嗎?我也是!價格未免也太貴了，而且客人看起來都是有錢人家的闊太太。感覺太高級了，我猜都是特地來買的人居多。」

「確實很高級喔。原料上可以吃出應該是向簽約的小農進貨，沒有多餘的添加物，採用天然酵母發酵，純手工製作。」

「所以小麥的香氣才會這麼嗆鼻啊。」

瑚都在內用區吃吐司時，曾按住嘴角和胃的四周，一時半刻動也不動。

「剛烤好的麵包大概都是那樣吧?專家應該聞得出其中的差異，但我分不出跟其他剛出爐的麵包有什麼差別。」

「欸?眞的假的?難道是我的錯覺嗎?既然在麵包店打過工的城太郎同學這麼說的話，應該就是這樣沒錯吧!」

「瑚都同學，妳對麵包的香氣反應好大啊。」

瑚都抱著胳膊，側著頭說：

「大概是整體店面太高級了，讓我有麵包香氣濃烈的先入爲主印象。」

「或許是吧。」

「可是我希望能更老少咸宜、平易近人一點，吸引更多年齡層的人來買。我的目標是希望成爲在地化的烘焙坊。」

「有道理。不過啊，主婦是麵包店最主要的客層，所以也要爭取主婦們的支持。先掌握住這一點，再來研究要爭取什麼樣的客群、想成爲什麼樣的店吧。」

「說得也是。城太郎同學，你好有條理啊。剛剛的分析聽起來很有道理，你一定很會做簡報吧。」

瑚都用力地抱緊購物袋，露出難以理解的表情後，心悅誠服地說。

「別這麼說，我沒有妳說得這麼好。」

這個世界的瑚都也跟我世界的瑚都一樣，想到什麼就毫不掩飾地說出口。

「怎麼會？你太謙虛了，幸好有你在，我才能覺得烘焙坊應該不至於失敗。

至少比只有我一人時好太多了。」

我沒資格承受這麼暖心的讚美。平行世界的另一個妳，被我害到連中學都沒能去應試啊。

「我失敗過……而且是無法挽回的大失敗。」

曾幾何時，內心感受化為語言，從我口中說出。每次回想過去，腦海中就會閃過還是小學生的瑚都，她那天眞無邪的笑顏。

「城太郎同學？」

「……」

「說話啊！」

瑚都挺用力地拍了我的肩頭一下。

「咦？啊，抱歉，我在想別的事。」

「人生有各式各樣的出口喔！失敗爲成功之母，沒失敗過的人生不可能成功。能不能把失敗轉爲成功的契機，接下來的人生將有天壤之別。」

從某個角度來說，這句話確實是我現在最需要的安慰。

「妳怎麼突然說這種話？」

「因爲你現在的情緒低落到極點。我擔心你是不是想起了什麼天大的失敗。」

「我都表現在臉上了嗎？」

「還好啦。不怕老實告訴你，其實從第一次見到你的時候，你的表情就沒有開朗過，現在也還在硬撐。」

「有嗎？我一直以爲自己表現得很正常。」

「這就叫當局則迷。我一直想找時間告訴你。剛才是我認識你以來，你表情最陰鬱的一刻，所以我才忍不住出手。抱歉打了你的肩膀，很痛吧？」

「滿痛的，可是沒關係。原來我露出那麼陰暗的表情……失敗爲成功之母嗎……妳剛才那句話眞是一針見血。」

「我就是故意選擇充滿殺傷力的話。」

「……」

在我的世界裡，無法參加考試的瑚都，是否有將那件事轉爲成功的契機了呢？

「以前的失敗過了好幾年才轉爲成功的契機……城太郎同學，你沒有過這樣的經驗嗎？」

「沒有吧。我每天都爲了活下去而費盡全力。」

「……這樣啊。」

瑚都對我沉重的發言露出苦澀表情，彷彿在爲才認識五天、對我還什麼都不了解一事表示歉意。

我也被自己嚇了一跳，居然能輕易地對瑚都展現出這麼遜、如此眞實的一面。大概是因爲我對眼前這個人沒有非分之想吧。

眞不可思議，明明同樣都是瑚都。

眼前這個妝容精緻、棕色長髮微微迎風飄揚的瑚都，我覺得也很新鮮、有魅力。不難想像那個我認識的小六生瑚都，長大以後或許也會變成這樣成熟懂事、性格俏皮的女孩，我對她充滿了好感。

可是以感情的量尺來說，我對她上升到朋友的刻度最頂端時就停止了，再怎麼搖晃、再怎麼努力地想往上拉，也絕對不會超過那個刻度。眞是令人費解的關係。

「啊，糟了。」

「眞的！」

我們幾乎同時從電車椅子上跳起來。電車已抵達目的地的車站，門也打開了。我不假思索地移動到門邊，就在快要踩到月台上的前一刻回頭看瑚都，她正以咬緊牙關的表情站在原地不動。

「咦，瑚都同學，妳怎麼了？」

「你先走吧，門要關了。」

瑚都迅速地靠過來，面向車門，輕輕地推了我一把。與其說是推我，更像是整個人倒向我。我下意識地抱住她，兩人滾到月台上。下一瞬間，背後傳來車門「咻！」地關上的聲音。

「瑚都同學，妳不舒服嗎？」

「休息一下就好了。突然覺得有點不舒服。」

瑚都說著就要當場蹲下來，我抓住她的手臂。

「有辦法走到那邊的長椅嗎？」

「嗯，麻煩你了。」

我扶著瑚都的手臂，走向藍色的塑膠長椅。

我想起瑚都還是小學生的時候，有氣喘的毛病。

相較於姊姊緒都彷彿停留在高中時代、貌似連打扮的力氣都沒有，這個瑚都看起來很健康，但原本瑚都才是比較體弱多病的那個。

月台上人影稀疏，六張並列的長椅上空無一人。

「是不是感冒？天氣雖然變暖了，但早晚還是很冷。」

「或許吧。我是那種每次感冒，喉嚨必定會先遭殃的體質，所以喉嚨一開始痛就慘了。但現在沒有喉嚨痛，只是感覺不太舒服……」

瑚都不解地低著頭，右手轉動左手的戒指。

「大概是太累了。拆解棚架固然是很疲勞的體力活，壓力導致精神上的疲勞想必占更大部分吧。緒都同學身體不好，一直躺在床上，令尊令堂又在英國，不曉得什麼時候才會回來。」

「嗯。」

「對十八歲的女孩來說，要和爺爺從頭開始經營小花烘焙坊的負擔太大了。」

「會嗎？」

「嗯。或許在妳自己也沒意識到的情況下，已經因壓力累積了不少疲勞。」

「我很有精神喔，而且我一定要振作起來才行……」

「看吧，這就是壓力的來源。」

「……」

「瑚都同學，今天的烘焙坊巡禮到此爲止吧。其他的等妳身體恢復健康再說。」

「也好。雖然很遺憾，但也只能先這樣了。或許如你所說，我眞的太累了。其實我一坐上電車就開始暈車。」

「我們改天再來就好，我陪妳。」

「謝謝。本來想有效率地參觀完，眞不好意思啊。改天再來吧，我會照時間算工錢給你。」

「那倒不用了，人生難免有意外嘛。」

「……城太郎同學，你好溫柔啊。當你的女朋友一定很幸福。」

「才沒有這回事，我是招喚不幸的體質。」

「什麼鬼？」

瑚都還以爲我在開玩笑，忍俊不禁地轉身面向我。

「我是說眞的，不管是我的朋友、母親還是弟弟，如果沒有遇見我，或許就能擁有更光明的未來……」

我強烈希望自己別再提這件事了，也別再想起這件事。這段時間無比珍貴，光是待在瑚都身邊一事，就能帶給我安慰。

「哦，我懂。」

「什麼？」

「因爲我也有相同的感覺。」

「妳也有相同的感覺？怎麼可能……啊！」

我們以前在玉垣中討論過類似的話題。

或許我沒有被生下來比較好吧。

世界上不需要兩個如此相像的人吧？一個就夠了吧？我是多餘的吧？

瑚都稚嫩的嗓音彷彿在我耳邊甦醒。出落得如此標緻的瑚都，至今仍有那樣的想法嗎？在考完試不久就變得如此標緻的瑚都，與從前簡直判若兩人，而且還考上理想的大學，想必正準備迎接光明的未來。

儘管如此，現在的瑚都無疑仍有著小學生瑚都的影子。

這裡雖然是另一個世界，但瑚都也跟我世界的瑚都一樣，從小就懷抱相同的煩惱嗎？大概是吧？肯定是吧！就像我母親惠理與這個世界大名鼎鼎的女明星，兩者外在條件雖截然不同，但本質極為相似。

「我非常有同感喔。我經常在想，如果沒有遇見我，大家肯定能得到幸福，肯定還有別條路可走。」

瑚都在膝蓋上轉動無名指的戒指，嘆了一口氣。

難不成，這枚戒指是男友給她的，而她正在煩惱男友沒有自己會比較好？與瑚都相處了一個禮拜，這段期間從沒見她與男友聯絡，也沒見她去找對方。難道他們之間出了什麼問題？這時我突然想到一件事。

「話說回來，瑚都同學，那個……妳跟我出門沒關係嗎？」

「什麼意思？」

「那個戒指是男友送妳的禮物吧?雖說是爲了工作,但是和別的男性一起外出,妳男友不會生氣嗎?」

「哦……嗯。」

瑚都用另一手捏住戴著戒指的無名指指根,彷彿要伸展肌腱似地前後壓動。

「哦……嗯個頭啦!不過,我自己沒留意到也有不對。那是Crossroads的戒指吧?很多情侶都載這個牌子的對戒。」

「是啊。」

我也有這款戒指,但不是對戒。可是莫名其妙的自尊心讓我覺得有點羞恥,所以略過不提。

「瑚都同學,妳該不會是在想,要是妳男友沒有遇見妳,他就能得到幸福,或是有別條路可走吧?」

「城太郎同學,你剛才用『如果沒有遇見我,或許就能擁有更光明的未來』,來形容你和身邊人的關係。其實我也是這麼想的。你說得沒錯,那個……

我和他的關係就是如此。」

瑚都說到這裡，又轉了轉無名指的戒指。

她果然有男朋友……我接受了這個事實後，內心深處吹過一陣零度以下的強風，思緒飛到另一個世界：既然眼前的瑚都有男友，在我世界的瑚都大概也有吧。

「是男朋友吧？」

「嗯……是我喜歡的人。」

一陣天昏地暗襲上。我到底想做什麼？後悔的狂潮撲天蓋地而來。我到底在期待瑚都怎麼回答？難道希望她跟我一樣，說那只是與社團的伙伴們一起買的戒指嗎？

明明是自己起的話頭，如今我卻只想摀住耳朵，滿心都是不想再聽下去的衝動。就如鏡像一樣，眼前的瑚都對戀愛的煩惱，在我世界的瑚都十之八九也會有相同的問題。但事到如今，也不能請她閉嘴不談。

「雖然跟你討論這種事也很奇怪就是了……」

「只要妳說出來能輕鬆一點的話，我無所謂喔。會輕鬆一點嗎？」

「或許會吧。」

「那就說吧。」

瑚都轉動著戒指，開始娓娓道來。

「這個人大概有他想做的事。可是因爲遇到我，因爲跟我扯上關係，不得不放棄自己想做的事。」

「妳怎麼知道他有想做的事？」

「他本人倒是什麼也沒說，可是用看的就知道他喜歡什麼。結果……該怎麼說呢……發生很多不如人意的事之後，我終於明白了，不只是喜歡而已。」

「請問……妳在說什麼？」

太抽象了，我完全聽不懂她在說什麼，還有到底想表達什麼，只能隱約感覺到大概是某種難以說清的事。然而光是能以這種方式說出口，她或許就能輕鬆一點。

不想知道更多內幕的心情阻止我繼續問下去。光是知道這些，對我已有如從懸崖峭壁上被推下去般的打擊了。

從她的語氣可以察覺到，瑚都和她男友一起度過了相當漫長的時光。我不清楚「發生很多不如人意的事」花了多久的過程，但瑚都確實和那個人一起度過了如斯的時光。

我又想到在我世界的瑚都。我對她的高中時代一無所知，只見過幾次她獨自一人或與緒都並肩同行的背影。

儘管如此，我卻打從一開始就排除了瑚都已有意中人的可能性。

我這個人的神經也太大條了。

「沒關係，謝謝你，城太郎同學。我其實已經決定好了，只是有點感傷而已。那個人其實很溫柔，就跟你一樣。」

「……」

她的意思是要分手嗎？我可以明顯感受到，瑚都至今仍十分在乎她的男朋友。但還是決定要分手嗎？因爲他的心已經不在了？應該不是這樣的。從她話裡的脈絡聽下來，瑚都認爲自己繼續和對方在一起對他沒有好處，所以才想離開他。她認爲如果沒有自己，對方就能選擇其他的出路。

「回去吧，城太郎同學。」

「瑚都同學。」

瑚都慢慢地站起來，我仍坐在椅子上，開口喚她。

「什麼事？」

「妳問過對方的想法嗎？自己一個人決定、擅自離開不太好吧？就算動機是爲了對方著想，我想對方也不見得會高興的。」

「……」

「還是問一下對方比較好。同樣身爲男性，如果是我，我會希望妳能好好地跟我說清楚。」

「抱歉，我太軟弱了。我到底在做什麼啊，都已經決定好了……所以才採取行動的……」

瑚都彷彿被什麼東西附身似地，視線游移不定地望向遠方，語氣也變得惶惶不安，若不是在自言自語，就是在說服某個位在遠方的自己。

「瑚都同學？」

「嗯，已經沒事了。我知道就算找你商量，也只會得到你會說的答案。」

瑚都笑著說，低頭望向還坐在長椅上的我。我感到一頭霧水。我們才認識一個禮拜，而我不存在於眼前的瑚都存在的這個世界裡。然而，她剛才的那句話，卻說得像是早就認識我了。這麼短的時間內，我就已取得她如此深厚的信任了？

無論如何，既然瑚都心意已決，以我的立場也不好再多說什麼。

「回去吧，瑚都同學。感覺好些了嗎？」

「嗯，已經沒事了。」

瑚都展顏微笑，但臉色還是不太好。家裡還有個大部分時間都躺在床上、幾乎不怎麼出房門的緒都，一日三餐大概也都是瑚都在準備。她今天有辦法做飯嗎？現在是個什麼東西都能叫外送的時代，但好像沒什麼外送食品適合在身體不舒服的時候吃。

「請問……」

「什麼事？」

「如果妳不嫌棄，今天由我來做飯吧？」

「咦？」

「不是啦，因爲瑚都同學和緒都同學都不舒服，最好吃些不會對胃造成負擔的食物，但是又沒有人可以幫妳們煮。」

「城太郎同學，你會做飯啊？」

「我媽是單親媽媽，還有個弟弟。而且我媽不僅工作很辛苦，性格又很隨便，因此所有的家事都是我在做。幸好我本身並不討厭做家事。」

「你眞是太全能了，我好尊敬你！」

「只要冰箱裡有食材，我應該都能做。我弟身體不舒服的時候，我也會做比較好消化的東西給他吃。啊，愛做家事的男生大概不受女高中生歡迎吧。」

「我很快就是女大學生了。」

「就算是女大學生，也不喜歡愛做家事的男生吧。我要吃得開還得再過十年。」

「城太郎同學，你眞是太有意思了。」

瑚都笑出聲音來地說著。

「我眞的會做飯喔。不過一般人應該不想讓才剛認識的人闖進私人空間吧。如果是這樣的話，妳直說無妨。」

「謝謝你的好意，我感激都還來不及了。緒都身體不好，所以都是我在做飯，可是現在連我都不舒服，還在發愁今天不曉得該怎麼辦才好。不好意思，我家很亂，但你可以任意使用廚房和冰箱裡的食材。」

「好的。」

「但是你要答應我一件事，這算是加班，我會付你薪水。」

「不用了。可是如果妳眞的過意不去的話，我沒有意見。」

「我會過意不去。」

「那就這麼做吧。」

我們返回瑚都家所在的鎭上。決定等回烘焙坊再重新討論今後的計畫。

跨過平緩的拱橋時，一股令人懷念的花香撲鼻而來，不知是從哪裡傳來的。

「好香啊。」

「是那個吧，瑞香的味道。」

瑚都指著右前方。

前面是一棟沒有圍牆的民宅，門口有株灌木，上頭開滿了白花，綠葉伸展到馬路上。瑞香是由許多一小簇、一小簇花瓣所形成一朵白色的花，如今正狂傲地盛放。它不是那種芳華絕代的花朵，卻也散發出酸酸甜甜的香氣。

「原來如此。」

我停下腳步，一旁的瑚都也隨之駐足。

「每次這個季節經過這裡，都會聞到好香的味道，是這季節才有的香氣。每次聞到這個香氣，就覺得冬天快要結束了。」

「是嗎。」

平常對花毫無興趣的我，走向瑚都口中的瑞香，她也跟了過來。香氣比剛才更濃郁了。我正要深呼吸好好享受香氣時，視線不經意瞥向在瑞香旁、立著的町內會（注）看板。

上頭釘著黑框的告別式通知，而黑框裡排在最前面的名字是杉山美織，這個人多年來擔任本區的町內會會長，前幾年晉升爲區會長。

「這個人過世了啊……」

注 日本社區的自治團體。

我自言自語似地說道。

「眞的耶。」

「瑚都同學，妳認識她啊？」

「嗯。她不是區會長嗎？聽說她住在車站的另一邊，是一對雙胞胎……擔任區會長的是這個人沒錯吧？」

「我想應該沒錯。」

雙胞胎的另一個人名叫杉山伊織。當初是我告訴瑚都她們是雙胞胎，如今已經過了六年的時光。

就在中學考試的前幾天，我和瑚都在攝末社的玉垣裡聊天。這對雙胞胎的名字以紅字被刻在構成玉垣的兩根石柱上。

「瑚都同學，妳知道這兩個人是雙胞胎啊。」

「……」

瑚都沒有回答，默不作聲地抬起頭來，難得以不高興的表情凝視我的臉……不對，是瞪著我。她張開嘴巴，似乎想說些什麼，卻又緊抿唇瓣，最後一句話也沒說。

「怎麼了？」

瑚都倏地撇開臉。

「這個人很有名好嗎。她不僅當上區會長，還去各國中小學演講，這一帶沒有人不認識她吧。」

「這樣啊，說得也是。」

那天晚上的事歷歷在目地浮現眼前。玉垣裡靜謐的氣氛、黑夜幾乎令人凍僵的氣息，就連瑚都身上那件外套的觸感，都在我腦海中眞實地重現。

我滿腦子都是當時的情景，而自從來到這個世界就更加耿耿於懷，想知道得不得了，卻又害怕得不敢問，如今決定要問個明白。

「……瑚都同學。」

「嗯？什麼事？」

「請問妳有參加中學測驗嗎？」
「……有啊。」
「那妳是就讀私立的中學和高中嗎？」
「對呀。」
「可以請問是哪一所學校嗎？」
「明律學院。」
「明律？那麼之後是直升明律大學嗎？」
「嗯。」
「這樣啊，能參加考試眞是太好了。」
「雖然不懂你在說什麼，但那麼久以前的事，也沒什麼好不好的。」
「不是的……」
明律學院是瑚都的第一志願。我想起還是小學生的瑚都，說自己嚮往爬滿了藤蔓的禮拜堂。明律大學是一所歷史悠久的名門大學，明律學院則是其附設中學。以她在補習班只有C班的成績，能考上明律學院其實相當了不起。

在這個沒有我的世界，瑚都如願地參加考試，還考上了第一志願。在我的世界裡，瑚都之所以沒能參加考試，果然還是因爲新年參拜那晚感染風寒，引發氣喘。

就算是在這個世界裡，不要有我，對大家都還是比較好。再加上對象是瑚都，那就更不用說了。

事實就是，這個人對我如此特別，我卻親手葬送她的未來。我拚命忍住下意識就要流出來的淚水。

「城太郎同學，你怎麼了？」

「沒什麼，什麼事也沒有。」

因爲我沒再開口說下去，瑚都觀察我的表情問道。

我提醒自己要保持平常心，但仍然一時還無法好好說話。

在我的世界裡，升上高中的瑚都，穿的並不是明律學院高中部的制服。事實上，我從在書店站著白看的制服圖鑑中，得知到瑚都就讀哪一所高中。

在我的世界裡，瑚都並沒有考上像明律學院那麼好的高中。

在那之後，我與瑚都的對話幾乎戛然而止。瑚都原本就不舒服，或許沒力氣再說下去，但我也突然變得沉默寡言，導致氣氛變得十分尷尬。無論如何，兩人都不是可以繼續聊天的精神狀態。

我們就這麼相對無言地回到小花烘焙坊。

瑚都解開門鎖後，一如往常地用手拉開自動門。

已經拆掉麵包棚架的店裡，如今擺了兩張用來開會的折疊椅和露營野餐桌，角落裡堆放著還沒拿出去丟的垃圾袋。

「城太郎同學，今天眞不好意思。」

「別這麼說，是我不好，走到一半突然不說話。」

「大概是我不小心按到你不想被人觸碰的開關……啊！」

瑚都說到一半，突然噤口不言。她的視線移動，我也自然而然地隨她的目光看去。

緒都端著放有馬克杯的托盤站在屋裡。

「妳回來啦，好早啊。」

緒都今天的氣色也很不好，身形依舊消瘦，但是感覺有比一開始見到她時一點一滴恢復生氣。

「緒都，妳怎麼了嗎？」

「我從二樓看著馬路發呆，結果就看到你們從遠處走來。天氣這麼冷，只有我什麼忙也幫不上，覺得很過意不去……」

「所以就爲我們泡了咖啡嗎？」

「嗯。」

托盤上有三個馬克杯，屋裡充滿咖啡甘醇濃郁的香氣。我猜測，那應該不是那種惠理在家喝的、加入大量牛奶的即溶咖啡。

馬克杯有三個，也就意味著緒都的心情已恢復到可以跟我們一起喝咖啡的程度了。

「緒都，坐啊。我去辦公室再搬一張椅子過來……」

平常只有我跟瑚都兩個人做事，所以只擺了兩張椅子。

「我去拿。瑚都同學不也因身體不舒服才提早回來嗎。」

我走向辦公室，背後傳來緒都的關切。

「妳不舒服嗎？沒事吧？」

這對雙胞胎真是同一個模子印出來的啊。就連自認絕對不會認錯人的我，如果沒有前後對話，可能也分不清剛才說話的是誰。她們的聲線及說話方式都像到極點。說來荒謬，這可能是我來到這個世界以後，首次無法明確區分她們兩人。

換句話說，我只會分辨「自己喜歡的人」和「其他人」。就只是這樣而已，而這麼理所當然的事，我卻直到現在才領悟過來。

裡。

我一面想著這些有的沒有的，一面進去辦公室搬椅子，拿著折疊椅回到店

姊妹倆隔著放有咖啡的野餐桌，正經八百地坐在椅子上等我。

「妳們先喝，不用等我。」

「這怎麼可以。」

是瑚都。跟我說話沒那麼拘謹的是瑚都。

這麼說來，緒都將來打算做什麼呢？但也不好直接問情緒低落的緒都。我腦海中掠過窮極無聊的想法。如果她心灰意冷的原因是考大學落榜，也許只要告訴她我只報考一所學校還落榜，她或許會覺得「原來也有這種人啊，不是只有我」，因而打起一點精神也說不定。

我坐下來，拿起北歐風格的馬克杯，細細品味著熱飲。

「緒都，妳還特地用咖啡機煮了咖啡嗎？動作好快啊！」

「因爲到家裡的路只有一條，遠遠就看見你們了。」

「謝謝妳，緒都同學。」

這就是用咖啡機煮出來的咖啡嗎？風味純淨，不含雜質，比惠理趁特價時撿便宜買的即溶咖啡好喝太多了。

三人一時無語，默默地喝著咖啡。

「我想用家裡現有的東西煮晚飯，可是弄到一半突然覺得喘不過氣，沒辦法繼續下去。」

「別勉強啦。妳有這個心，我已經感到很高興了，表示有進步。」

「……是嗎。」

這五天來，瑚都跟我進行拆除作業時，每次休息的空檔都會上二樓，我猜大概是去看緒都的狀況吧。感覺這其中牽涉到非常敏感的問題，所以我不好意思問瑚都。

然而問題是，女兒的身體糟成這樣，母親爲什麼還一直留在娘家不回來？

惠理才不會這樣。回想我和祭財愛只是發個低燒，惠理就會拿一堆退燒藥，大呼小叫地嚷嚷：「快去睡覺！快去休息！」再想到自己竟然逃離那樣的母親，就覺得難以釋懷。

事到如今，我再次體認到世界上有各式各樣的母親，以及各式各樣的家庭狀況。

突然，耳邊冷不防地傳來物體碰撞的巨大聲響。

「緒都！」

我往旁邊一看，只見緒都一手扶著額頭，整具身體搖搖晃晃。剛才巨大的聲響大概是她用力把馬克杯放回桌面上的聲音。桌上到處都是因撞擊而濺出來的咖啡污漬。

「緒都同學——」

用肩膀撐住緒都的瑚都也一起被拉往地面倒去，我和瑚都想盡辦法，最後才阻止緒都的身體摔在地上。

「緒都！緒都！」

「緒都同學！」
緒都軟綿綿地躺在我懷裡。
「怎麼辦，城太郎同學？要不要叫救護車？」
「也好，雖然不清楚是什麼原因造成的，還是叫救護車比較保險。」
「……不用叫救護車。沒事的，我不想去醫院。」
緒都微微撐開眼皮，以細如蚊蚋的音量輕聲說道。
「可是……」
「大概是貧血。我吃了瑚都為我準備的午飯，雖然沒有全部吃完。」
「又吐出來了嗎？」
「嗯，所以……」
「緒都同學是因為營養不良而貧血嗎？」
「緒都說她無論如何都不想去醫院，還說去了醫院只會更不舒服。我能體諒她的心情，所以也不敢逼她去醫院。」

看來是有某種我不清楚，只有她們家人才知曉的內情。

「……雖然我希望她至少能吃一點營養的東西。」

「先送她回房間，讓她在床上休息吧。」

「也好。」

「緒都同學，妳可以扶著我自己走嗎？還是要我揹妳？」

「不用了，我可以自己走。」

「要是又逞強昏倒，那就眞的非去醫院不可了喔？」

緒都似乎對「醫院」這兩個字特別敏感，所以我推測只要搬出醫院二字，緒都就會願意抓住我的肩膀。因爲她看起來實在不像是能自己爬樓梯的狀態。

「那就麻煩你了……」

緒都以幾乎聽不見的音量說道，乖乖地抓住我的肩膀。二樓是花辻家的住宅，緒都和瑚都的房間都在二樓。我扶著緒都一步一步地上樓，瑚都則亦步亦趨地跟在我們後面。

「這是我的房間。」

緒都整個人似乎要往前倒地抓住門把，而瑚都彷彿倒抽了口涼氣，接著以倒水似的速度急著說：

「城太郎同學，接下來交給我就行了。這裡沒有樓梯，我一人就能搞定。」

「不用我扶她到床上嗎？」

緒都完全使不上力，感覺光憑瑚都一己之力抱不動她。

「不用了，沒問題。」

「這樣啊。」

也對，是我的神經太大條了。我只敢在心裡賠不是，若真的說出口就太不會看臉色了。

她們應該是不想讓才剛認識的男生進到自己房間，所以瑚都才趕在我闖進去之前迅速擋下來。

我也太不貼心了，而且居然要瑚都委婉地拒絕才意識到這點。這兩件事都令我對自己大失所望。

我將緖都的手臂從自己肩上移交給瑚都，爲瑚都推開房門，好讓她能專心撐住癱軟的緖都。不知爲何，瑚都一面扶著緖都，同時直勾勾地盯著我看，導致我有一瞬間視線從前方瞟到瑚都身上。

難道是連門都不方便外人打開嗎？可是緖都的手已從門把上滑落，瑚都雙手都用來撐住緖都，根本空不出手來。

最後確定她們跌跌撞撞地掙扎走進房裡後，我立刻把門關上。

這到底是怎麼回事？我背靠著緊閉的門板，一時半刻動彈不得。

剛才只瞄到緖都的房間一眼，我目光緊緊地被某一處吸引住。

我下樓走進廚房。既然得到瑚都的許可，待在這裡也比較輕鬆，但我腦子裡仍充滿了必須爲身體不適的姊妹倆做晚飯的使命感。眞可悲，或許是因爲多年來，惠理和財祭愛的生命都是靠我做飯維繫的慣性使然。

因爲廚房和烘焙麵包的區域、販賣空間、辦公室都在一樓，我原先預想只有簡單的設備，沒想到廚房麻雀雖小，五臟俱全。

我機械化地打開冰箱，檢查了下裡面的東西。可冷藏保存的調味料一應俱全，除了有火腿、大塊的培根、牛奶及優格之外，還有沒聽過牌子、但似乎很高級的大瓶奶油及果醬。

冰箱裡的食材雖然不多，但也不到空蕩蕩的程度。從幾樣大容量的食物中，可以看出直到最近還是一大家子一起生活的痕跡。冰箱裡還有另外控溫的半透明抽屜，裡頭有肉和白肉魚。這大概是所謂的保鮮區，我們家的冰箱沒有這種功能。

再打開下面的蔬果室，裡頭有番茄、高麗菜、馬鈴薯、洋蔥、紅蘿蔔和菇類等蔬菜，種類多到不用煩惱晚餐沒菜可煮。

我腦海中浮現出幾道做給感冒或免疫力、體力下降的人的料理，再從中篩選出適合她們吃的菜色。我想多放點青菜，既然有白肉魚，自然也想用上。我隨意地拿出紅蘿蔔、洋蔥、磨菇這幾樣蔬菜。

米放在哪裡呢……我仗著瑚都那句「你可以任意使用廚房」的許可，在廚房裡翻箱倒櫃，發現米就放在跟我們家差不多的位置。

我決定用米和現有的蔬菜煮燉飯。我拿出砧板，用掛在流理台上的剝皮器開始爲紅蘿蔔削皮。

「城太郎同學。」

背後傳來熟悉的聲音。

「借妳們家的廚房一用喔。」

我沒回頭，邊削皮邊回答。其實腦中大部分的空間都被料理以外的事所占據，老實說，早已超出我的負荷。即便如此，因爲過去我每天都要煮飯，做菜的動作流暢得有如生理反應。

「嗯，麻煩你了。有什麼我可以幫忙的嗎？」

「高湯粉放在哪裡？只要告訴我這點就好。我就是因爲妳不舒服才來做飯，讓妳幫忙不是本末倒置嗎。」

「嗯……說得也是。」

瑚都走過來，打開頭上的餐櫃門。各種調味粉類和乾貨都裝在透明的小型密封容器，井然有序地放在櫃子裡。每個密封容器上都貼著標明內容物的標籤，例如砂糖、鹽或麵粉等，但不是瑚都的筆跡，一看就知道瑚都的母親是個一絲不苟的人。

「高湯粉在右邊數來第二排的最下方。」

「哦，原來是那個啊。我現在要煮燉飯。」

我伸長手臂，拿出形狀剛好可以握在掌心裡的密封容器。

「謝謝你。我很愛吃燉飯喔。」

「妳先回自己房間休息吧。我煮好了再打電話給妳……」

「欸……可是……」

未待瑚都說完，我突然想到自己手機打不通，忍不住長嘆一聲。

「等等，我直接叫妳好了。聽到我大聲喊吃飯，就可以下來了。」
「感謝你。」
背後傳來瑚都不明白我態度爲何會如此堅持，一頭霧水的反應。
「小事一樁，別放在心上，而且也不知道合不合妳們的胃口。」
「城太郎同學。」
「嗯？」
「抱歉。」
瑚都只說了這句話後，便順從地離開廚房。她爲什麼要道歉？
我邊思索，邊把砧板上的紅蘿蔔切成塊狀。
剛才扶緒都回她的房間時，我瞥見房間一隅掛著明律學院的高中制服。從門外的角度或許看不見，只是從我站的側邊位置剛好可以看見。明律的制服特色頂多只有領帶圖案較特殊，一般人應該不容易認出來。
然而我正好知道那是明律學院的制服。因爲補習班跟我很要好的泡菜也考上明律學院，我在放學後見過他好幾次，所以不會認錯。

緒都的時間彷彿還停留在高中畢業時。畢業典禮早已結束，她房裡卻還掛著高中的制服。

問題是，緒都怎麼會是明律學院的學生？在我的世界裡，緒都考上的應該是最頂尖的私立女中，那間有將近一半的畢業生都能考上東大的櫻山高中。

我問瑚都就讀哪所高中時，她的回答也是明律學院。也就是說，在這個世界裡，緒都與瑚都讀同一所高中。

因爲沒有我的存在，瑚都得以參加中學考試，進而考上明律學院。既然如此，緒都就讀的不是櫻山高中而是明律學院的理由何在？難道是我的不存在，對緒都產生了什麼負面影響？但我們應該沒有任何交集啊。

仔細回想，瑚都和緒都身上都有些讓人困惑之處。鎮日關在房裡的緒都，給人感覺比較像是我那個世界的瑚都。

所以兩人才變得難以分辨。我對這個世界的瑚都和緒都雖有好感，但都不是愛情。因此我那個戀愛的雷達完全派不上用場，導致我分不清她們誰是誰。但，原因只有這樣嗎？

而且關於手機號碼的事，怎麼想都很奇怪。因爲不方便主動提起，所以我一直在等瑚都提供手機號碼，但她只告訴我店裡的電話號碼。

我還沒遞出正式的履歷。不過因爲我打工從未遲到，今天也是約在店裡一起出門，所以目前就算不知彼此的手機號碼也沒什麼不便。

可是天曉得接下來會不會發生什麼意外，臨時需要聯絡？身爲雇主，事先與工讀生交換手機號碼都會比較放心吧。

又來了，這種不對勁的異樣感。

「城太郎同學，水滾了喔。」

「什麼？」

瑚都不知何時回到了廚房，不動聲色地從一旁伸出手來關掉瓦斯爐的火，沸騰的燉飯已快從鍋裡溢出來了。

忘了控制溫度，也忘了攪拌，只是呆呆站著。我見狀大吃一驚，剛剛自己好像只有拿著大湯匙的手規律地攪弄著，幸好鍋底的米飯沒有燒焦。

「謝啦，瑚都同學。妳怎麼不去休息。」

「我其實只是太累，而且也沒那麼不舒服了。現在反而是你比較令人擔心呢。」

「我嗎？」

「請不要誤會我所謂的擔心。我的意思是說，讓你一個人工作，我卻在休息，這樣只會令我過意不去。」

「我不值得妳過意不去。」

「這句話是什麼意思？這種貶低自己的說法太不像你了。」

瑚都從我旁邊伸手關掉瓦斯爐後，一直維持相同的姿勢，仰頭看我的距離與我近得不能再近。兩人的視線正面接觸，幾乎可以聽見電光石火的聲音。

「因爲……事實就是如此。」

姑且不說瑚都，就連考試期間沒直接和我扯上關係的緒都，不知為何也進入不同的學校。而且這個世界的瑚都，好像也不再因樣樣比不上心愛的姊姊緒都而感到苦惱。至少現在就我所見，看不出任何足以讓十八歲的瑚都對緒都產生自卑感的原因。

即使扣除緒都現正陷入煩惱的無底深淵、反而是瑚都在支持她這點，瑚都怎麼看都像是比緒都大好幾歲的姊姊。

是不是因為兩人進了同一所中學，或者瑚都有了自信的緣故。

倘若這個世界與原來的世界只差在有沒有我這個人，那麼中學考試就是一切的分歧點。

對瑚都而言，這個世界顯然比較舒心，負擔也比較少。瑚都在沒有我的世界顯然比較幸福。

優也、惠理、祭財愛……每個人都是少了我比較幸福。這個事實令我打從心底感到厭煩。我垂頭喪氣地閉上眼，搖搖頭。

長久以來，我都把「要是我沒有出生就好了」的潛意識溶解進日常生活裡，卻因爲惠理的日記而超出了溶解度，一口氣現形，而且還真的來到「我沒有出生」的世界。這個世界對我而言實在太過殘酷，遠遠超出我所預期。

只有對於「不存在的我」而言過於殘酷的世界。

凝望瑚都沒有一絲陰霾的眼眸，我感覺釘在胸口的木樁愈刺愈深。

我做了一場短暫的美夢。眼前這個棕色長髮的女孩是參加了考試的瑚都，是沒有被我破壞掉將來的瑚都。她不僅讓我留在她身邊，還對我信賴有加。

事實上，因爲我的疏忽大意，心上人的未來就此被葬送了。這樣的事實足以讓這個世界的瑚都在一瞬間盡歸虛無。

「瑚都同學，我就做到今天爲止。」

「什麼？」

要是繼續待在她身邊，可能又會奪走她的未來。她現在或許也跟中學考試時一樣，正面臨人生的岔路。

「我其實很想試著拆除這根柱子，但比起這個……」

我必須盡快從這個人面前消失。

「你在說什麼？城太郎同學，你今天好奇怪。是我做了什麼惹你不高興的事嗎？是不是我太依賴你了？不止緒都，連我也身體不舒服。」

「不是這樣的。」

「那是怎樣？肯定有什麼原因，你才突然說要辭職。工讀生突然說要辭職，我至少有權利知道原因吧。」

「……」

「出了什麼事？否則你不會突然說出這種不負責任的話。」

我感到有點不悅。瑚都偶爾會冒出這種像是從以前就認識我的話，彷彿我們不是最近這一個禮拜才剛認識。

這是她與別人的距離感嗎？第一時間就能用自己的標準區分出對方是什麼人？

在這個世界裡，對我而言是重逢、對瑚都而言是初遇時，她救了迷路小孩的行爲，或許讓我對她產生無可動搖的好感。然而事實上，我根本不知道瑚都跟他人相處的模式。

只有一點是肯定的，這個瑚都不可能從以前就認識我，因爲這個世界根本沒有我這個人存在過。

「妳是不是對我有什麼誤會？妳根本不了解我。」

「怎麼會不了解，一看就知道了！」

瑚都的語氣平靜卻隱含激昂，彷彿要直擊我的靈魂深處。

「雖說你們家有姊妹兩人，但是在父母都不在的情況下，隨便讓素昧平生的男性工讀生進家門也太不小心了，瑚都同學。」

「……並不是隨便誰都可以進我們家門。」

「我就知道。因爲我和妳一起救了小誠，妳就對我深信不疑嗎？太天眞了。萬一那只是我用來騙取信任的手段怎麼辦？」

「你爲什麼突然擺出這種欠打的嘴臉？」

我內心不斷地湧出一股一切都無所謂的情緒。待在原來的世界裡，只會害身邊的人不幸，在這邊的世界則連戶籍和住民票（注）都沒有。只要讓她覺得這傢伙腦袋有問題，瑚都大概就不會再理我了。

視線落到了鍋子裡爲緒都和瑚都煮的飯。事已至此，我仍希望她們至少能吃下這些燉飯。兩人身體都不舒服的話，叫外賣的食物只怕會對腸胃造成負擔。

可是仔細想想，如果我是會給人帶來不幸的存在，這鍋燉飯裡說不定有什麼會對身體不好的成分。

「我不是這個世界的人。」

「什麼？」

注 日本以個人為單位製作的戶籍資料，上頭列有姓名、住址、出生年月日、性別等資料，如果是外國籍居民還會記載國籍、住留資格等。

她一定覺得我很奇怪吧。畢竟誰會相信這種鬼話？乾脆多說些異想天開的鬼話好了。這樣一來，瑚都再怎麼認爲別人都是好人，肯定也會對我好感盡失。

「我們家窮得快被鬼抓去，但我仍移東補西地想上大學，怎知連大學都落榜了。我自暴自棄地踢壞家裡的衣櫃，結果不小心發現我媽年輕時其實想打掉我的日記。」

「……什麼？」

「我要是沒有被生下來就好了……似乎是當時我一心只有這個念頭，所以才來到了這個世界。在這個世界裡，原本我生活周遭的人全都比在原來的世界幸福許多。就拿我母親添槇惠理子來說好了，現在成了大明星。那傢伙很妙，居然一下子就相信我是她兒子。大概是玩以平行世界爲舞台的角色扮演遊戲，玩到腦子壞掉了。」

內心深處敲響聲聲警鐘，警告我不要連惠理的隱私都說出來。可是我說的話本來就毫無章法、不合常理，瑚都不可能相信。

「添槙……惠理子？」

「沒錯，但她取了藝名，叫什麼來著……？對了，月森琶子。」

「月森……琶子？」

「沒聽過嗎？妳不怎麼關心演藝圈的事嘛。她在這個世界是非常有名的演員，也是我媽如果沒有生下我的話，原本應該要有的樣子。在我的世界裡，我媽十七歲生下我後，不得不下海陪酒，現在在夜總會上班。」

「怎麼可能……真難以置信……」

「是不是很誇張？」

我邊回答，邊覺得這真是太好笑了。瑚都居然相信我說的話，而且毫不懷疑。她雖然說「真難以置信」，但從她認真傾聽、爲此驚愕不已的反應看得出來，她是相信的。她人未免也太好了。

若她要我出示證據，我有什麼可以拿出來的？想了半天才發現，我其實什麼也拿不出來。儘管如此，她仍願意相信我。惠理也好，瑚都也罷，我周圍的人到底都在想什麼啊。

「眞的嗎……城太郎同學眞的沒有誕生在這個世界上嗎？」

「沒有。其實我早就認識妳了，妳爲了準備中學考試，上過榮明補習班吧？我也是。我和緒都同學一樣，都是榮明的特待生。」

「……」

或許是被我說中，瑚都的臉色顯見地變得更難看了。

「如果在我不存在的這個世界裡，也發生過相同事件的話，正月特訓的最後一天，妳應該有和幾個準備考試的六年級生一起去新年參拜。在我的世界裡，我和妳聊到很晚。妳那天爲了追一隻白鴿，和補習班同學走散了。是我找到那隻白鴿，後來我們聊了很多。」

「……城、城太郎同學，那件事……我……」

「我不曉得妳在這個我不存在的世界做了什麼，但至少不會自己一人一直待在神社裡吧。」

「……」

瑚都的嘴唇變得無比蒼白，微微顫抖，連牙根都咬不緊。她會相信我說的話嗎？她的反應不在我的預料之內，但事到如今，就連這種事都無所謂了。

要是沒有我，瑚都的人生就能一帆風順。既然我沒有誕生在這個世界上，就更不該特地從另一個世界跑來擾亂她的人生。

「在我的世界裡，瑚都同學因爲和我聊得太晚，氣喘發作，沒辦法參加中學測驗。妳在這個世界考上明律學院這種名校，而我那個世界的瑚都同學大概只能考上公立中學。除了母親以外，我也查了弟弟和好朋友的下落，大家都過著比在我的世界裡更好的人生。」

「……你說你沒有出生……」

她有在聽我說話嗎？她的思路似乎還停在我沒有誕生在這個世界上的那一段話。這也不能怪她，畢竟匪夷所思的資訊一股腦地出來，一時半刻無法消化也是人之常情。

「這個，我試過味道了。我吃了沒什麼問題，但是要給妳們吃的話，老實說我沒有把握。因爲和我扯上關係都不會有好事。」

我視線落在燉飯上。

「……」

「和我扯上關係絕對沒有好事，或許還是叫外賣比較好。」

「……」

我從彷彿失了魂魄的瑚都身旁走過，把手撐在小桌上。

我知道瑚都似乎想說些什麼。但她只是不停地想說什麼又打消念頭，結果就像深呼吸似地嘴巴一張一合。不知她究竟想說什麼。只見她全身僵硬，一動也不動。

一打開話匣子，長久以來淤積在胸口、已昇華爲怨念的負面情緒，再也無法壓抑地傾洩而出。

「我活到這個歲數，才發現自己具有讓人不幸的體質。但我其實也有夢想，雖然只是窮極無聊、微不足道的夢想，雖然對其他人而言只是隨處可見的日常生活。」

「……什麼夢想？」

「我將來想找一份穩定的工作，過著平凡的生活，跟喜歡的人結婚、生小孩，讓孩子衣食無缺地長大。」

「……這不是很簡單嗎？」

「才不簡單呢。」

「怎麼說？」

「因爲我在這個世界並沒有被生下來。我母親流產了，聽說當時的狀況本來就很難救得活。但不知是哪裡搞錯了，在我的世界裡，我母親克服了流產的危機、生下我。我是異常的存在。我不知道有幾個平行世界，但我肯定不屬於任何一個世界。我是被淘汰的存在，連想要有個家這樣如此平凡的願望都無法實現。」

說出口的話語就像射回自己身上的飛鏢，在我身上接連刺穿出大洞。

我抓住掛在椅背上的軍大衣外套，邁開大步準備離去。

「城太郎同學！不是那樣的！」

瑚都激動的語氣與至今截然不同，不容分說地朝我大喊。

我充耳不聞地從狹窄的餐廳兼廚房走向空空如也的店面，用手拉開已拉得很習慣的玻璃自動門。戶外冷空氣一股腦灌進來。不可思議的是，我居然還能感受到瑚都從廚房傳來的視線。

就連我自己也不知道今後該何去何從。

雖說春天的腳步已近，但晚上八點的氣溫還是很低。但儘管如此，也不會像當年那個冬天的晚上，冷到就連指尖都快結冰。深藍色的夜空中，掛著有如白瓷般清冷透亮的明月。

7

我站在榮明補習班小深川教室附近神社的攝末社玉垣樹蔭下，周圍是與瑚都深談那天相同的風景。只剩下一半的玉垣被修整得很漂亮，也不再圍著禁止進入的繩索。

不同於當年那晚擠滿了前來新年參拜的香客，以及讓寒意變得和緩的攤販燈光，今天映入眼簾的景象，蕭瑟得讓人看起來都覺得冷，也幾乎沒有人跡。

從瑚都家走到這裡只需十多分鐘的路程，我卻花了快一小時才走到。

添槙惠理子給我的錢只剩下不到一萬日圓，都花在連日來的住宿和伙食費上，還有幾天份的衣服。

我忿忿不平地想起添槇惠理子當時的眼神，彷彿暗示我一定能在花完這筆錢之前找到答案。

原本還期待能立刻拿到打工的錢，但瑚都對我的狀況一無所知，當時看著店裡的帳本對我說：「每個月的支薪日爲隔月的二十號喔。」眞傷腦筋……結果最後我只能抱著不知所措的心情來到這裡。

啊——啊——我仰天長嘆，操作著軍大衣外套裡只能拍照、看時間，儼然已變成相機的手機。而且最近我才發現，手機的時間還慢了五分鐘。大概是我那個世界的時間吧。

除了確認時間與拍照外，這台手機還剩下一個功能，就是只能連上某個特定網站。來到這個世界的當天，不到幾小時內我就發現了這件事。在當時六神無主的狀態下，我不管三七二十一地尋找可以聯繫的人事物，所以會立刻發現也很自然。

不用說也知道，就是那個「Another World」網站。

剛才那些不顧一切對瑚都發洩的話語，其實是我自從來到這個世界後，就一直壓抑在內心深處的恐懼。

我是異常的存在。無論有幾個平行世界，或許我只存在於原來那個世界。

忘了是什麼時候，惠理也曾不經意地透露過添槙惠理子說過的話。說她懷孕時，曾因非常嚴重的先兆性流產住院，處於一般而言救不回來的狀態，所以能生下我真的非常幸運。

先不論惠理是否真心覺得非常幸運，重點在於「一般而言救不回來」這句話。顯然，要回到生下我的那個世界，並非一件尋常的事。

我把玩掌心裡的手機，思緒飄遠到沒有答案的未來。

我煩躁地坐在樹根上，正覺得好冷、想拉上軍大衣連帽時——

「添槙同學……」

空氣中，微弱到幾乎聽不見的嗓音迴盪著。攝末社入口附近有道人影。是瑚都嗎?她怎麼知道這個地方?

「瑚都同學?」

「太好了,果然是添槙同學。我還擔心萬一認錯怎麼辦……緊張死我了。」

她穿著高中的制服外套,不太像是打扮得明艷動人的瑚都,頭髮也沒有燙鬈。

「咦?是緒都同學嗎?」

「呃……嗯……是吧。」

眼睛習慣黑暗後,來者怎麼看都是緒都。

「怎麼了嗎?妳怎麼會知道這裡?」

「瑚都告訴我的。」

「……什麼?」

瑚都怎麼知道這裡?這是我和瑚都互訴彼此遭遇的地方。這件事發生在我的世界裡,而我並不存在於這個世界,所以瑚都不可能知道此處。

「燉飯很好吃喔，謝謝你。一想到這件事對瑚都很重要，我就全部吃完了，沒有吐出來。」

「什麼意思？」

「我知道自己身體這麼虛弱，是因爲吃不下東西。所以剛才是我最努力吃飯的一次，雖然一口一口吃得非常慢。」

「爲什麼？」

「因爲……我一定要來這裡找你，這次換我爲瑚都做點什麼了。」

「……」

我聽不懂她在說什麼，卻又無力問清楚狀況。不同於先前那個彷彿快要消失於人間的緒都，她現在看起來就像受到某種使命驅使，與之前氣場判若兩人。

「添槙同學，你說你沒有誕生在這個世界上。」

「什麼？」

「我都不曉得。」

「……」

她到底想說什麼？不止瑚都，就連緒都也相信我沒有誕生在這個世界上、來自平行世界這些莫名其妙的話嗎？

惠理畢竟是惠理，她的大腦被手機遊戲支配了，所以是特例。還是說，在這個世界裡，平行世界的概念很普遍？

「我可以坐在你旁邊嗎？」

「啊……啊、好啊，請坐。妳不冷嗎？」

我沒帶手帕可以鋪在樹幹上。

「不要緊。」

緒都慢慢地坐在我身邊的樹根。跟那天一樣，背後是一排構成玉垣的石柱。

「添槇同學嚇了一跳對吧。你現在一臉『到底是什麼情況』的表情。」

「這個嘛，確實沒錯。」

「我猜剛才的瑚都也好不到哪裡去。自從你告訴她，你沒有誕生在這個世界上後，她就大受打擊，剛剛還坐在椅子上動彈不得呢。」

「我也是好嗎。所以現在，可以請妳說明一下嗎？妳應該有聽瑚都同學說了吧。我去見了在這個世界已經流產、沒有生下我的母親，結果她居然一下就接受我是她兒子的事實。」

「眞的嗎！這眞令人難以置信……」

「令人難以置信嗎？可是不止我母親，妳和瑚都同學也都不疑有他地接受我來自平行世界的鬼話。以我自己的常識來說，這才令人難以置信吧。」

「會嗎？」

「難道在這個世界裡，平行世界的概念已經這麼普遍了？」

「並沒有這回事。我一開始也完全不相信，還以為是自己太過傷心，傷心到腦袋出問題了。」

「那為什麼……」

既然如此，她聽完瑚都的轉述就來找我，這種消化速度未免也太快了。從我離開花辻家還不到一小時，緒都卻已能如此沉著冷靜？

「我也花了好長一段時間才接受平行世界的事實，但又不得不接受。從某個角度來說，接受這個事實，對我而言才是最輕鬆的事。」

「我……完全聽不懂妳在說什麼。」

「我是第一個看到從平行世界過來的人，而那個人那就是『我』。」

「什麼？」

「我不是緒都。我是瑚都，花辻瑚都。」

「什麼？」

「來自平行世界的人，就是『我』。從外人不知道的身體特徵，到內心的幽微想法，我對自己瞭若指掌。更重要的是，那種從自己體內發出的訊號，讓我不得不承認眼前的那個人……就是我自己。」

「這……那這個世界的緒都同學去哪裡了？」

「緒都嗎？她過世了。甚至還不知道自己的放榜結果就離開人世了。」

「什麼……」

「她考上了東大。從櫻山考上東京大學，堅定地走在女強人的菁英路線上，前途一片美好，卻出了車禍……」

「……」

緒都死了……

還有櫻山，緒都考上了櫻山高中嗎？

這點跟我的世界一樣，緒都果然考上了櫻山高中。所以我看到的明律學院制服並不屬於緒都，而是屬於眼前這個……自稱瑚都的人……

腦袋思緒糾纏成一團亂麻。所以這麼一來，就有兩個瑚都。明明是同一個人，氣質卻截然不同；就連身高上，也是一直和我待在一起的瑚都高出了一公分左右。

可是……原來如此，原來是這麼回事。這個世界的緒都和瑚都，至今一直給我哪裡不對勁的感覺，如今彷彿一切豁然開朗。眼前這個人不是緒都，而是瑚都。難怪我以前明明能精準分辨出她們兩人的差異，如今卻分不出來。明明這兩個人如今在外表上差了十萬八千里。

「這件事……說來話長。」

「願聞其詳。」

「該從哪裡說起才好呢。」緒都……不，是瑚都，她抱著膝蓋，下巴擱在膝蓋上，望著遠方長達兩分鐘。

首先，在這個世界裡，不知為何添槙同學沒有出生，所以我不清楚這裡與你的世界有什麼不同。我也並不認識你，請以這個前提聽我繼續說下去。

我在這裡上的高中是明律學院，大學也決定直升。緒都則從櫻山高中以考上東大為目標。

緒都考完東大的兩天後，說她雖然有信心，但親眼看到榜單前還是很害怕。

車禍就發生在她回學校報告後，從離我們家最近的車站走回家的路上。她正在十字路口等紅綠燈，被右轉的卡車撞到。當時卡車車速過快，根本沒考慮到內輪差，就這麼撞了上來，連護欄都被撞歪了。緒都立刻被救護車送到車站附近的昭堂醫大附設醫院。就是那家前面是公園的醫院，你知道吧？

醫生盡全力搶救，然而緒都還是撐不過三天。過程中，緒都從頭到尾都沒有睜開過雙眼。

從緒都出車禍到她嚥下最後一口氣，我幾乎沒有那三天的記憶。我不記得自己吃過什麼，也不記得是否有洗澡或跟誰說過話，只剩下自己在醫院規定探視病人的時間時，一直陪在緒都身邊的記憶。即使被醫護人員趕出病房，我也想盡可能離緒都近一點，曾幾何時開始，便一直坐在醫院前的公園長椅上。

我無法理解和接受，只覺得自己被洶湧的黑色濁流吞沒了。

再來就只是模模糊糊地記得，爸爸見我遲遲不回家、來公園接我。

所謂的地獄，大概就是這麼一回事吧。我不明白自己爲什麼要一人活在沒有緒都的世界裡。

可是呢，我後來才知道，還有別的地獄在等著我。

緒都和我在長相及說話方式、氣質上或許大同小異，但是性格有點不一樣。緒都是品學兼優的好學生，能完美地達成父母……尤其是母親的期待。凡是母親交代不可以做的事，她絕對不會做；不止功課，她在各方面都是資優生。

關於功課這方面，小時候我也曾努力想達成父母的期待，可是我們兩人的能力相差太多了，我再怎麼努力都減少不了這個差距。加上我有氣喘的毛病，從小學開始就經常請假，體育課也通常都在一邊看，無法跟同學打成一片，六年級時更徹底不去學校了。我母親是很嚴厲的人，總認為我拒絕上學是她教子無方的關係。

我開始對母親的做法及主張心生反感，也因此更沒體力回應她的期待。準備中學考試固然很辛苦，但我更不想去讀離家太近的學校，於是拚命用功。一直看不到超前許多的緒都，我也十分痛苦。

我討厭有這種想法的自己，但母親確實比較疼緒都，也毫不留情地直說緒都比我優秀。

沒想到緒都卻死了，只剩下跟她長得一模一樣的我。大家都希望我是緒都，無奈我是瑚都，不是緒都。

我知道大家都想把我當成緒都，這令我苦不堪言。而且我也不可能替她去上東大。更重要的是，我的存在等同在提醒始終以緒都爲傲的母親，我們姊妹之間有多大地不同。這點似乎令母親痛苦得難以接受。

母親瘋了，每天都質問我，爲什麼死掉的不是我。我本來就已經混亂於爲何緒都死了、而我還活著一事，所以當母親提出這個我也想問自己的疑問時，我終於再也承受不了，整個人吃不下東西，也無法下床。

父親眼看我們家就要分崩離析，爲了我和母親好，他決定暫時帶母親回英國的娘家。於是父親陪精神變得不太正常的母親去英國，請爺爺就近照顧我，順便讓家裡的烘焙坊重新開張。

瑚都說到這裡，嘆了一口大氣，沉默了好一會兒。這個人確實非常像我認識的瑚都。不愧是我心上人的分身，這樣我就能理解了。

問題是，另一個比較有活力的瑚都呢？那個人也是瑚都，貨眞價實的瑚都。

爺爺決定回來掌管這家店，但他已經有自己的店了，需要一點時間才能完成那邊的交接事務，無法說來就來。

在這段空檔裡，我反正無事可做，整天躺在床上，也不知道自己到底吃飯了沒。爸爸和爺爺經常打電話給我，但我只覺得厭煩。

緒都死後，我連哭都哭不出來。淚腺彷彿被悲痛堵住、失去功能，但也吐不出來，痛苦至極，非常痛苦。

直到某一天，家裡出現了另一個我。傳說中的分身現象。

我見她鬼鬼祟祟、形跡可疑地在客廳裡翻翻月曆、看看報紙，然後彷彿被鬼附身似地一直摸手機……總之非常詭異。

雖說是我，但她的頭髮是棕色鬈髮，一臉全妝，衣服也不是我自己的……而是女大學生的服飾，比起現在一身運動服、頭髮亂七八糟的我要來得健康許多，感覺非常奇妙。

這麼說來，我朋友當中好像也有不少人一考上大學就去染髮，還穿了耳洞。別看現在的我，體內的時鐘似乎有稍微前進了一小步，但那時的我完全跟不上春光爛漫的季節更迭。

就在那樣的某一天，另一個花辻瑚都從平行世界過來了。

與她交談後，我無法不確信她就是我。但我們的氣質實在相差太多了，這點只要稍微聊一下馬上就能分辨出來。

那個棕色頭髮、每天和你在一起的花辻瑚都，是四年後的我，來自四年後的平行世界。因此她已經二十二歲了，而不是跟我們一樣都是十八歲。

看在二十二歲的瑚都眼中，我是四年前的自己吧？她是最清楚我有多痛苦的人，所以她決定留在我身邊，暫時和我一起生活。

我聞言大驚。那個女孩、那個瑚都……跟我一樣，都是來自平行世界的人？所以才那麼輕易相信我說的話嗎？

我感到相當驚訝的同時，又下意識覺得不可能。畢竟不是誰都像童心未泯的惠理，對遊戲裡的世界深信不疑。但我自己不也是來自平行世界的人嗎？這麼一來又覺得可以接受了。

經她這麼一說，二十二歲這個年齡也令人恍然大悟。原來如此，不可能光靠髮色或化妝就能在短時間內變得那麼成熟。以二十二歲來說，那個瑚都或許略顯孩子氣，但之所以會這麼覺得，大概也是因為我以為我們一樣大而產生的刻板印象。

「緒都……不對，是瑚都同學……突然改變叫法眞彆扭。」

「我想也是。」

「話說回來，妳一直以來過得相當辛苦啊。」

「嗯。幸好未來的瑚都在我最辛苦的時候來到我身邊。自己陪在自己身邊，這句話聽起來眞詭異。」

「就是說啊。」

如果我是因爲下意識希望自己不曾出生，才來到這個世界；那麼大我們四歲的瑚都，在這段時間來到這個世界也絕非偶然。

「這座神社就是未來的瑚都告訴我的。她似乎很意外你沒有出生在這個世界裡，所以受到相當大的打擊。你們以前在這裡說過話吧？」

「嗯……」

「你存在於二十二歲瑚都的那個世界裡喔。」

我大吃一驚，心臟興奮地狂跳。二十二歲的瑚都認識我，就表示我確實存在於她的世界。在她的世界裡，我們也曾經在小學六年級的中學考試前，單獨在這裡說過話嗎？

「那個……瑚都同學還記得啊。」

如果她還記得，為什麼一直不說？我從一開始就認定自己不存在、瑚都完全不認識我，所以從未跟她確認過。但是現在再回想起來，從初相遇自報家門時、這個時候、還有那個時候……瑚都似乎都露出了因為我不記得她，而略顯失望的表情。但這也許只是我一廂情願的想法。

就算是另一個世界的瑚都，光是她還記得我一事，就足以讓我感到震驚。因為在我的世界裡，我一直以為她早已忘了我。

我從以前就很在意瑚都，可是對瑚都而言，我只是個隔壁補習班的男生，只是剛好單獨與她說過話的路人甲。當時我的身高只有一百四十五公分，這六年來，我長高了近三十公分，髮型及長相也變了不少，即使在車站偶然相遇，她肯定也認不出我是誰。

或許她還記得，從前有個男生曾在考試前夕跟她聊得太晚，害她沒能參加考試的過往。但是，就算那個男生再次出現在她面前，她大概也認不出來。

「未來的瑚都一開始請你來打工時，在我面前簡直高興壞了。她非常開心，說自己見到添槇城太郎同學了，還請你來幫忙改造店裡，整個人高興得手舞足蹈呢。」

「是嗎……」

「在我聽來，我只浮現出『添槇城太郎是誰啊？』的想法，感到莫名其妙。雖然未來的瑚都鉅細靡遺地告訴我，你是和她一起在榮明補習班上課的隔壁班男生，考試前曾經在神社聊到深夜……但是我一點印象也沒有。因爲我的社交能力並沒有好到可以跟不同學校、補習班也不同班的男生變成好朋友。」

「這樣啊。」

要是初見面時，妳就認出我是當時的男生，爲什麼不告訴我？瑚都。畢竟，妳並不知道我沒有誕生在這個世界上。

「未來的瑚都發現我不記得你，看起來非常沮喪。可見你對瑚都……（對我？）來說是非常重要的人。但我怎麼會想不起來呢？這眞的很不可思議。」
「對我而言，她還記得我這一點才比較不可思議吧。」
「未來的瑚都似乎對我想不起來一事相當在意，因爲她一直強調『別擔心，添槙同學絕對不是壞人！』，所以最後我才同意讓你來打工。」
「原來如此。」
「從未來的瑚都身上看得出來，你或許能成爲我重新振作起來的起點，所以我不禁對你充滿好奇。事實上，連我也覺得很神奇，在這種精神狀態下，居然能跟你寒暄打招呼。」
二十二歲的瑚都還保留我們新年參拜在玉垣聊天的記憶，甚至因此認出眼前的我。
所以剛才我在花辻家的廚房自顧自地講完內心話、轉身離去時，瑚都才會聲嘶力竭地試圖攔住我：「城太郎同學！不是那樣的！」瑚都近似悲鳴的叫喊，至今仍鮮明地縈繞在我耳邊。

當時我說了什麼？喔對，我說我是異常的存在，不存在於任何一個平行世界裡，終究會被淘汰。既無法生兒育女，也無法擁有幸福的家庭……我把內心的吶喊都吐露出來了。

我想起來不禁臉紅。畢竟情緒再怎麼激動，也不該讓瑚都知道自己內心深處的掙扎，我一定是吃錯藥了。

不知為何，我一遇到瑚都就會卸下心防，在她面前放下所有的武裝。正因為我對二十二歲的瑚都沒有非分之想，所以不需要在她面前裝模作樣或逞強假裝沒事，可以展現最真實的自己，與她分享共同的心情與回憶。

——或許我沒有被生下來比較好吧。

——我也有過同樣的心情喔。

我想起小學六年級時，明明是彼此第一次正式交談，直覺卻讓我們無條件相信對方。這種純粹的情感令我害臊不已，卻也同時感到無比溫暖。

我與瑚都各自的想法在本質上雖然南轅北轍，但對二十二歲的瑚都而言，仍是印象強烈到會覺得記住我是天經地義的事。

但我警告自己別想得太美好。畢竟看到二十二歲的瑚都，就知道她已戰勝現在艱辛的狀態，在四年後過得神采奕奕。快給我想起瑚都無名指的戒指！她已經有意中人了啊！提到那個人的時候，瑚都似乎有些煩惱，但是看得出來，她的心還在那個人身上。

也就是說，在我的世界裡，瑚都也已經有對象了。

二十二歲的瑚都為何會來到這個世界？我來到這裡並非出於自己明確的意志，而是因為最愛的母親不想要我，精神上受到太大的打擊，再加上當時看到的網站，所以腦海中浮現出「自己沒有被生下來的世界」，結果就來到這裡了。

所以二十二歲的瑚都是想到「緒都剛去世時的世界」，而來拯救當時的自己嗎？可是時空中有無數這樣的世界吧。啊，但這不也同樣發生在我身上……眞的是同樣的情況嗎？我以為「我」只存在於自己的世界，但是「我」也誕生在二十二歲瑚都的世界裡。

話說回來，對二十二歲的瑚都而言，什麼是導致她回來的導火線？

「添槇同學，你說你在補習班放學的途中，與未來的瑚都在這裡聊過天，可以告訴我你們聊了些什麼嗎？我想知道瑚都爲何會對你如此執著。」

「並沒有執著吧。」

「沒有嗎？可是你們確實在這裡說過深深烙印在記憶底層的話吧？而且就談過那麼一次，之後再也沒有交集，對吧？」

憑良心說，我並不想重提那件害瑚都的命運墜落至谷底的昔年往事。可是如果她想知道的話……畢竟是另一個自己的事，她或許有權利知道。

「嗯……一開始，是瑚都先提起雙胞胎爲什麼都取大同小異的名字。她剛好看到刻在那根柱子上的名字。」

我和那天一樣，回頭輕撫石柱上的名字。我比照當時的情況，用手指摸索著刻有「杉山美織」字樣的位置。

「名字？」

瑚都探出身子問道。

「咦！」

「怎麼了？」

「名字不見了！」

「誰的名字？什麼名字？哦，這個人是前陣子去世的區會長吧？」

「我不是指她，是這個人的雙胞胎姊妹『杉山伊織』的名字。」

「雙胞胎？」

「這位區會長杉山美織不是雙胞胎嗎？」

「她不是雙胞胎喔。因爲是每次鎭上有什麼活動都會出現的名人，所以我對她很有印象，應該不會記錯。」

「怎麼會……」

然而在這個當下，當年明明刻在杉山美織旁的「杉山伊織」確實不見了。

杉山伊織也沒有出生在這個世界上嗎？

我想起來了。二十二歲的瑚都在瀰漫著瑞香花香的路上，看到這名區會長的訃聞時，曾經說過杉山美織是雙胞胎。我還記得她說完這句話後仰頭看我，露出意味深長的表情。或許她也想起六年級的時候，我們看到刻在石柱上的雙胞胎姓名時的對話。

直覺告訴我，最好不要告訴眼前的瑚都，在我的世界裡，杉山美織是雙胞胎的事實。於是我努力以沉著冷靜的語氣說道：

「當時瑚都同學說，她或許沒有被生下來比較好，還對我傾訴自己的煩惱：明明是雙胞胎，與生俱來的資質卻差緒都很多。我也為此產生共鳴。」

「嗯，原來那時的我有可以深談至此的對象啊。真的很遺憾……添槇同學沒有誕生在這個世界上。」

「不，一點也不遺憾。我那個世界的瑚都同學，因為與我在冬夜聊得太晚，導致氣喘發作，沒能參加中學考試。別說是明律學院了，我那個世界的瑚都同學讀的是她根本不想去的在地中學。」

「這樣啊。可是我覺得這也不完全是壞事。」

「怎麼說？」

「因為未來的瑚都，大學就讀的正是明律學院的大學部。」

「什麼！」

「聽她說，她的氣喘在就讀在地的公立中學時好轉，後來先考上女子高中，再考上明律學院的大學。」

「可是我之前問未來的瑚都同學就讀哪一所高中時，她說是明律學院……」

「她大概是從我的角度回答吧。畢竟這個世界的我，中學本來就是讀明律學院，大學也是以直升的方式升上大學部，所以，成績顯然比不上未來的瑚都經由一般考試考上的實力。」

「……」

「沒能參加考試雖然很痛苦，但未來的瑚都確實將失敗轉化為成功的動力。或許你那個世界的瑚都也是如此呢。」

「是嗎？如果是這樣的話……那就太好了。」

「嗯。雖然我不是很清楚，但你不覺得平行世界的同一個人，性格也都很相像嗎？雖然我只能以自己爲例，但我就很像二十二歲的瑚都。」

確實很像。惠理如是。優也如是。瑚都也如是。

「說得也是，我也覺得很像。可是……」

「我懂。只是很像，但還是不一樣。」

「嗯。」

瑚都說到這裡，開始轉動脖子做了做伸展。

「除了未來的瑚都，我好久沒跟人講這麼多話了。添槙同學，你很擅長傾聽呢。」

「妳不也努力來到這裡嗎。那個站都站不穩的瑚都同學居然出現在我面前，而且全身上下都散發出一股受使命感驅動的拚勁。」

「我其實是搭計程車來的，體力眞是差到連我自己都看不下去呢。幸好拜你煮的燉飯所賜，我已經好了很多。」

這個幾乎大門不出的瑚都，不惜跳上計程車也要來找我。

「那眞是太好了。」

「我想說的話都已經說完，接下來就交棒給未來的瑚都吧。不過她手機打不通，眞是太不方便了。」

瑚都一臉鬱悶地噘著嘴。啊，這確實是瑚都的表情。我心想。

「那位瑚都同學的手機也不能用嗎？」

「對呀，很麻煩對吧。」

「確實如此。沒想到平常信手拈來的東西突然派不上用場，居然會這麼不方便。」

「快回去吧，你有話想跟未來的瑚都說吧？我猜她也有不足爲外人道的苦衷，而且你也想知道才對。」

「嗯，我想向她道歉。」

這時我突然想起另一件事，不禁莞爾。

「怎麼了？」

「跟大四歲的自己一起生活是什麼感覺？妳們平常都怎麼稱呼對方？」

「我都叫她瑚都欸。至於未來的瑚都，爲了不要在你面前叫錯名字，她平時就喊我緒都。她很擔心會不會對我的心情造成負擔，但不知爲何，我並不討厭她叫我緒都。大概是因爲我們擁有相同的悲痛。這就像與未來的瑚都一起悼念緒都……感覺很不可思議。換成我母親的話，我肯定受不了她把我當成緒都。」

我沒有失去同胞手足的經驗，但我認爲她的反應很合理。只可惜合理的事不一定是正確的事。

二十二歲的瑚都和這個世界的瑚都，肯定都還需要一段時間，才能對緒都產生緬懷的心情、眞正地放下。

我和這個世界的瑚都幾乎同時站了起來。

8

與我們有段距離的幹線道路上，無數車燈疾駛而去，在黑暗中劃過一道道平滑的光線。這是個美麗的夜晚。

當我們從位於路邊的攝末社，走向通往本殿的參道時，不約而同地喊了一聲：

「瑚都！」

「瑚都同學！」

「你們遲遲不回來，我有點擔心所以就來看看，幸好沒錯過。手機不能用眞的好麻煩。」

似是為了掩飾害羞，瑚都笑得有些困窘，手裡提著又大又薄的尼龍購物袋。

「那一大袋是什麼？話說妳是怎麼過來的？」

「坐計程車來的。這麼晚了，瑚都也坐計程車回去吧。那邊就有可以搭計程車的地方。」

「我也是搭計程車來的，而且妳也交代過我要搭計程車回去。」

「有嗎？」

「明明是妳還雙眼發直坐在椅子上時說的啊，瑚都。」

兩個瑚都交頭接耳的畫面著實非常詭異。

二十二歲的瑚都，已不再稱這個世界的瑚都為緒都了。

我和二十二歲的瑚都送這個世界的瑚都去搭車，目送她上計程車。計程車絕塵而去後，我們心照不宣地回到剛才的攝末社。這次換成我與來自另一個世界、二十二歲的瑚都，一起坐在二十分鐘前才待過的地方。瑚都從巨大的購物袋裡掏出一條厚毛毯，自胸口以下將自己包裹得嚴嚴實實，坐在樹根上。

「燉飯很好吃喔，謝謝你。」

「妳吃了啊。話說回來……妳沒事吧？」

視線移動到瑚都胸部以下異於常人的嚴密包裹。

「這個嗎？要提著這麼厚的毛毯走過來實在很丟臉，又很重，所以我也搭了計程車。」

「這樣啊。」

見她如此嚴陣以待，我不得不想起對瑚都而言，當年久待此地而沒能順利參加考試，是她有生以來最大的疏忽。所以如今她一定要記取教訓，絕不能又在這裡感冒。

即便如此，我還是想再跟瑚都懇談一次。但願明知天寒、仍抱著毛毯來找我的瑚都也與我想法一致。

「城太郎同學，你肯定相當混亂吧。瑚都應該已經全告訴你了。抱歉，一直騙你瑚都是緒都。因爲我怎麼也沒想到，你也來自平行世界，而且要是初見面就向你吐露一切，你肯定會覺得我精神有問題、不當一回事吧。」

「別這麼說，我懂妳的顧慮。因爲我也基於相同的理由沒告訴妳實話。」

「這樣啊……我們家的情況是我媽無法接受緒都的死，也不願爲緒都辦後事。但畢竟不能一直這樣下去，所以最後還是辦理了死亡證明，由幾個近親幫她舉行了火葬。我媽當時連火葬場都沒去，也沒出席喪禮，就直接去英國療養了。儘管這裡發生過死亡車禍，左鄰右舍甚至不知道死的是誰。」

冷不防地，我想起惠理曾提過，她在家長會上聽說這一帶的十字路口發生車禍，還針對內輪差一事向祭財愛耳提面命了一番。

「原來出事的是緒都同學啊……」

「是的。」

「我聽說過這件事，眞是辛苦妳了。這個世界的瑚都同學有妳陪在她身邊，但四年前的妳沒有任何人可以依靠，眞虧妳能挺過來。」

這時，瑚都突然露出俏皮的表情。

「你看得出我二十二歲了嗎？都不曾懷疑過嗎？沒有覺得這傢伙才十八歲卻長得老氣橫秋？」

「沒有，頂多只覺得妳好成熟，但完全沒懷疑過妳的年齡。」

「這樣啊，聽你這麼說，我眞是太高興了。」

「我才是，沒想到妳居然還記得我。我打從一開始就知道自己不存在於這個世界上，所以早就做好瑚都同學不記得我的心理準備。就算我有被生下來，也只是六年前與妳正經說過一次話的男生，忘記我也是理所當然。畢竟連長相都變了……原來妳還記得我啊，我眞的很感動。」

「才不只是還記得呢……」

瑚都的聲音小到幾乎聽不見。

「什麼？」

「再次再遇時，你什麼也沒說，我還以爲你果然忘了我，害我大受打擊。」

「因爲我又不存在於這個世界上，自然會認爲妳不認識我啊。而且妳也沒說妳還記得我。」

「是沒錯啦，唉，事到如今也解釋不清了。」

「對吧！」

在那之後，我與瑚都一時相對無言。我們彼此彷彿都在衡量該如何開口、要說些什麼才好。因爲要問對方的事，自己也必須坦誠相告才行。

「我媽是單親媽媽，十七歲生下我。我得知自己大學落榜時，陷入了低潮，而就在情緒跌落谷底的時刻，發現原來當年我媽想拿掉我。」

「什麼！但是你不是說你們母子感情很好嗎？小六的時候。」

我確實曾在玉垣前說過這種話。瑚都居然還記得那麼久以前的事。難道……連當時對話的內容也跟我的世界一樣嗎？我胸口頓時一熱，不禁脫口而出：

「在這個世界裡，沒有生下我的母親以及我身邊的人，都過著比在我那個世界更好的人生，這個現實與念頭塞滿了我的腦袋。在我的世界裡，妳也因爲考試前和我在這裡聊到太晚，導致身體不適，無法參加中學考試。不過……既然妳知道這個地方，就表示在妳的世界也發生過相同的事實。」

「沒錯，而我一點也不後悔。我當時在學校飽受欺負，已經很久沒有跟緒都以外的人說過話了，所以非常開心。還有，能遇到跟自己磁場相合的人，也覺得新鮮又驚喜。原來世上也有這種人，原來我能有如此快樂的時光。當時我感覺自己內心確實有什麼東西改變了。」

「……真的嗎？」

「所以相較於無法參加考試，與城太郎同學共度的那段時光，對我來說更有幫助喔。」

「……」

我一時說不出話來。真的是這樣嗎？瑚都說的話很真摯，沒有一絲雜質。

「而且後來我氣喘也好了許多。與你在神社聊過後，我的想法好像也改變了，在公立中學交到很多好朋友。畢竟那是個不管跌倒再多次，都可以再站起來的年紀。」

「……現在回想起來，確實是那樣沒錯。」

「沒能參加中學考試確實讓我很懊惱……但也成爲我捲土重來的重大契機。這個契機隨時間積累起了作用，促使我大學考上了明律學院。」

瑚都曾經說過，中學考試時之所以將明律學院列爲第一志願，是因爲受到校風的吸引。

「原來還有這一段往事。聽到妳考上明律學院時，我覺得自己彷彿得救了……」

「但問題是你，城太郎同學。你在那之後，就算我們在車站巧遇，你也都不看我一眼，害我非常難過，只能安慰自己可能是你交遊廣闊，所以不記得我了。我以爲自己與你磁場相合也是一廂情願。」

「不，正因爲我沒有忘記，才覺得沒臉面對被我害得無法參加考試的妳。」

「……心裡的想法如果不說出來，對方是不會明白的。結果我們都只在心裡認定對方是什麼樣的人，事物的表裡兩面和誤解就是這麼來的。」

瑚都比我想的還要堅強，並非只是抽掉中學考試這塊關鍵的磚頭，人生就會轟然塌陷、甚至為此一蹶不振。當時才十二歲的我要想透這點實在太為難了，但至少也該發揮一下想像力。在成長的過程中，瑚都或許並未從頭到尾都在恨我、怪我。

「很高興能知道妳的心情，我的想法太短淺了。」

「我考慮得也不夠周全，壓根沒想過你對我沒去考中學一事有這麼大的罪惡感。當初是我硬要你留下來陪我聊天，是我被你拯救了。而且……你朋友那麼多，我也沒勇氣主動找你攀談。」

瑚都說著說著，聲音愈來愈小，最後在不上不下之處噤口不語，似乎還有什麼話想說。我決定等瑚都想開口時再好好聽她說。我於是接著說：

「總而言之，當時我感到絕望，懷疑自己是否只會給別人帶來不幸？沒有我，是不是對身邊的人比較好？正當我無意識地滑手機時，發現一個名叫

『Another World』的網站……那時的記憶很模糊，但我最後應該是點進去了那個網站。」

「果然是那個網站搞的鬼。」

「然後我就眞的來到我沒有出生的世界了。」

「眞不敢相信……沒有城太郎同學的世界，好沒有眞實感。」

「大概是當下強烈的情緒成爲了導火線吧？所以這個世界與我原來的世界幾乎沒有時間差。但妳應該是希望回到四年前、自己最痛苦的時候，對吧？」

「……我也不確定，或許是有下意識許了心願。但應該不止如此，說不定只是單純剛好回到這段期間。畢竟是我自己的親身經歷嘛，我相信痛苦歸痛苦，但我應該還是能獨自克服緒都的死亡陰影。」

「……？」

瑚都說得模稜兩可，我不是很明白她的意思。

「該怎麼說好呢……」

「我知道瑚都同學已經撐過最痛苦的時期了。因爲剛見到這個世界的瑚都時，她雖然身心俱疲，但眼神尚未完全失去光彩。」

「那麼，我該說謝謝你的分析囉。」

「不客氣，我只是實話實說。」

「……」

「……」

瑚都默不作聲地瞪著前方，眼神流轉，幾乎要在額頭擠出皺紋。大概是覺得我都說了自己來到這個世界的前因後果，她卻一聲不吭，爲此覺得過意不去吧。

「嗯……這個……我……」

有這麼難以啓齒嗎？瑚都的反應意外地扭捏。

「妳不用勉強自己說的。」

「看吧，不說就會產生誤會……」

「如果妳想說的話就說吧。」

瑚都雙手撐著下巴，沉默不語了好一會兒，然後猝不及防地開口：

「實不相瞞，其實有個人在緒都死後支持著我。那個人對自己也有很多質疑，過得很辛苦。他是這麼說的，而我也沒有細問。不過我們確實共同攜手度過了那段艱辛的時光。」

我聞言內心隱隱作痛。瑚都的無名指上，今天也戴著那枚粗獷的銀戒。

「原來如此。」

「我媽至今仍長居英國，已經過了四年。不過我爸和爺爺當時半年後就回來了，和那個人合力重新經營烘焙坊。因爲大多是體力活，所以我們家很慶幸能有年輕人幫忙。爺爺在我大三時病倒，醫生宣布他來日無多。我爺爺……非常喜歡他，提出如果我們已經認定彼此，希望在他有生之年完成婚姻大事。」

「什麼！所以妳已經結婚了？那不只是普通的對戒？」

「他是我們家烘焙坊的學徒，而我還是大學生，根本沒有錢買婚戒。但我才不在乎，有這枚戒指就夠了。」
「這樣啊……」
交往時買的對戒直接變成婚戒。
我的心臟彷彿緊緊地揪成一團，感覺有苦說不出。我能冷靜地聽她說完整個過程嗎？因爲那也同樣發生在我那個世界的瑚都身上。
「我一直覺得，如果他沒有認識我，應該就能好好地去上大學了。他喜歡玩遊戲，喜歡的程度更是完全超越一般興趣的領域，甚至還靠著自學寫會寫程式。」
「是嗎……」
「某個法和大學的教授曾經在公開場合說過，遊戲軟體如今已是日本的智慧財產。法和大學資訊管理系的數位多媒體組也舉辦比賽，除了贏得比賽的人之外，他們爲了網羅其他有潛力的人才，也會接受ＡＯ入試（注）的申請者，與人才雙向媒合。」

「居然有這麼大陣仗的比賽，我都不曉得。」

法和大學是很難考的私立大學。這麼說來，大學也進入致力於培養遊戲軟體工程師的時代了啊。

「因爲才舉辦兩屆而已。」

「嗯哼。」

瑚都合起雙手的掌心，大拇指撐住下巴。乍看之下有如在神明前雙手合十地祈禱。她保持這個姿勢，確認似地瞥了我一眼。

「城太郎同學，你說你因爲發現了自己的出生之謎，成爲情緒失控的導火線對吧？」

「我想是的。」

「我也遇到了類似的情況。那個人在比賽得到了第一名。」

「欸，那不是很厲害嗎。」

「對吧……他眞的很有才華。」

「所以他在那位教授的推薦下，決定去讀那所大學了？」

「問題就出在這裡，他堅決不肯去讀大學。因爲我爺爺病倒了，家裡只剩我爸一個麵包師傅，他說他不能丟下烘焙坊不管。」

「原來如此。」

「他原本想進入穩定的優良企業當上班族，但我認爲成爲遊戲軟體工程師才是他眞正的夢想。他卻因爲和我交往，爲了支持我而開始學做麵包。當然麵包師傅也是很了不起的工作，但完全不是他理想中穩定的職業，也不是他想做的事。」

「所以……妳認爲他沒有遇見妳比較好？」

「因爲我是在這個時間再度遇見他。」

注 即申請者自行準備專業技能或特長的資料，向學校毛遂自薦，在校成績則為次要審核標準；以此種方式申請入學，錄取結果會比參加全國性考試更快出來。

「這個時間？」

「沒錯。四年前，緒都死了，我也失去活下去的勇氣，倍感孤獨……就在那時，我又遇到了他。」

「妳爲何會覺得是因爲妳的緣故，他才放棄升學呢？畢竟在那個人最辛苦的時候，也是妳陪在他身邊啊。」

「或許是那樣沒錯，但我認爲最主要的原因，還是他不忍心拋下孤苦無助、連存在都被親生母親否定的我。」

「會不會是妳多心了？」

「我不知道……雖然不像剛才提到中學考試後你我之間的關係，但事到如今我也不確定了。」

「嗯，心裡想的事如果不說出口，對方是不會知道的。」

「可是，當我得知他沒去上那所大學時，我確實認爲自己根本不該再遇見他。如果四年前的這個時候，我們兩人沒有重逢，那個人就能有截然不同的未來。當時我腦中只剩下這個想法。」

我也是，所以完全能體會她的感受。一旦鑽進牛角尖裡，別人用八匹馬也拉不出來。

「然後我就在網路上胡亂搜尋，發現了那個網站。」

「嗯。」

與當時的我一樣，她肯定是對自己的存在感到絕望，想在網路上尋找出口。瑚都也看到了那個「Another World」網站。

現在回想起來，那個網站會吸收人類釋放出來的強烈負面情緒，讓人情不自禁地點進去。瑚都大概也在點進去的同時，無意識地祈求想回到四年前，想選擇沒與那個人重逢的未來，不想再遇到那個人。

「這麼說來，妳是來自平行世界的四年前……原來不能回到自己過去的世界啊，還是說不能改變自己原來世界的歷史？」

「我也不知道，但這個世界顯然是最好的，似乎實現了我不想要再見到他的願望。」

「怎麼說？」

「因爲他……在這個世界並沒有出生。」

「什麼？」

「既然沒有出生，就無從相遇了不是嗎？」

「……」

咦，慢著……她口中的他……

咦，難不成……難不成……

原本一直不受控制、揪得死緊的心臟猛然放鬆下來，開始撲通撲通地輸送量多到不正常的血液到全身上下。

不不不，別想得太美了。因爲在我和眼前這個瑚都的世界裡都存在的杉山伊織，並沒有誕生在這個世上。或許，除此之外還有其他像我和杉山伊織這樣的特殊存在。

「我只希望活在我那個世界的他，能過得自由自在，所以一直覺得自己不能靠近四年前再次見到他的地方。」

「……」

「我一來到這個四年前的世界，一看到那個傷心到站都站不穩的我，便立刻發現這裡是平行世界。要是讓這樣狀態的瑚都遇到他，我擔心這個世界也會發生同樣的事，所以我代替她去見那個人。只要別遇到同樣失魂落魄的瑚都，或許對彼此就不會產生共鳴了。」

「……」

「四年前，與他重逢那天剛好是我和緒都的生日，我爲了買生日蛋糕給緒都，在緒都去世後第一次出門，因此不可能記錯日期。我決定在遇到他的地方埋伏。」

「……妳有遇到他嗎？」

我連現在發出聲音的人是不是自己都不敢確定。

「遇到了喔。他跟那天一樣，失魂落魄地走在路上。我們還一起救了一個小男孩。話雖如此，當時的我其實也被拯救了。」

「瑚都同學……那個人……」

不行了……聲帶已經完全失去作用。

「要我變魔術給你看嗎？」

「變魔術？」

「城太郎同學，你有Crossroads的戒指對吧？那是你國中退出羽毛球社時，跟三年級的伙伴一起買的戒指。最近都沒看你戴，但最早見到你的時候，你確實有戴著。」

「哦，這個嗎？」

我從軍大衣外套裡拿出戒指給瑚都看。瑚都摘下自己無名指上的戒指。

「看我把刻在內側的文字轉移到這枚戒指上！」

瑚都接過我的戒指，將兩枚戒指一起握在手心裡。

「然後呢？」

「把手伸出來。」

我提心弔膽地伸出左手，掌心朝上，伸向瑚都。只見她輕輕地將兩枚戒指放進我的掌心。

我檢查兩枚大小各異的戒指內側。國三時，我和羽毛球社的伙伴在社辦裡將各自喜歡的話刻在戒指內側。當時只有我一人必須退出社團，所以爲了將來有朝一日也能達到跟現在伙伴們相同的生活水準，與他們用相同的標準看世界，我在戒指內側刻下「Someday」的心願。

「騙人的吧……怎麼可能？」

兩枚戒指內側，一樣醜的稚嫩筆跡刻著一樣的英文。

Someday

「這並不是對戒。而是結婚時，城太郎同學把自己的戒指改小給我戴的。」

「結婚時……什麼？和誰？妳和誰結婚？」

「你這樣鄭重其事地問我，感覺好奇怪啊。我和我那個世界的城太郎同學，我們在我大三的時候結婚了喔。」

「……」

「這就是證據。」

我腦中一片空白，連嘴巴都張開一半，而瑚都從我手中拈起那枚比較小的戒指。

「我很慶幸自己能來到這個世界。我曾經心亂得不得了，無法做出冷靜判斷，一心以為城太郎同學如果沒遇見我，肯定能更實際地考慮自己的未來。我們偶然重逢的時機，正好是他沒考上自認為一定能考上的大學，因失落而自暴自棄的時候。不僅如此……剛才這樣一路聽你說下來，背後原來還有如此糾結的故事，我都不曉得……事到如今眞的對你很抱歉。所以你當時才會對人生失望到那個地步啊。」

她大概是指惠理的事。十七歲的單親媽媽想拿掉腹中胎兒。

未來的我想必沒向瑚都坦白這件事。

「瑚……瑚都同學。」

「什麼事？」

「妳爲什麼一直用『他』來代稱，遲遲不揭曉謎底呢？我心臟都快跳出來了。」

瑚都柳眉倒豎地開口：

「因爲我一直在等你自己發現啊！城太郎同學。結果你直到最後都沒有發現，眞是氣死我了！」

瑚都嬌嗔地把頭扭向一邊，從搖曳在晚風裡的髮絲間，隱約露出羞紅的耳朵。

「怎麼可能發現得了嘛。」

這時，瑚都目不轉睛地正視我的臉。那個從她燦燦有神的雙眸裡倒映出來的男生身上，已不復見彷彿被逼入絕境、認爲要是沒有自己就好了的悲愴神情。

「在這個世界待了一段時間，我終於冷靜下來。所以你現在是否也比較冷靜了呢？剛才你離開烘焙坊時，說自己能在先兆性流產下倖存真的非常幸運，自己就算在平行世界中也算是異常的存在，既不能結婚，也無法生子。但你錯了，在我的世界裡，城太郎同學跟我結婚了。」

「關於這點我真是太高興了，真想對自己說一聲：幹得好！」

「還不止這樣。」

「什麼？」

「城太郎同學，你……還有孩子了。」

滿含喜悅與羞怯的輕聲細語，震動了夜晚神社裡的空氣。

「什麼？」

「……」

這時，我目光掃到瑚都用厚毛毯包得密不透風的胸部以下。

「……難不成……真的還是假的……」

「應該是說我也剛剛才驚覺？大概……只是大概啦……大概這就是我身體不舒服的原因。」

「幹得好啊我。」

「才不是你，是我那個世界的你。」

「說得也是。」

「也就是說啊，在你的世界裡，城太郎同學的未來才正要開始，所以會變成怎樣還未可知。但這孩子是我和城的愛情結晶，是接下來建立兩人歷史的新開始，是我珍視的寶貝。」

瑚都小心翼翼地隔著毛毯輕抱腹部。

「也就是說，妳已經不再認爲，要是自己沒再遇見那個世界的城就好了……」

「嗯。畢竟我不會天眞地以爲回到四年前，一切就能從頭來過。不過，還是可以修正一下軌道……一定可以！我不希望他爲了我們家的烘焙坊，放棄難得的天賦與機會，大不了威脅他如果堅持不肯上大學的話，我就要跟他離婚！」

「他一定會去上大學的。」

「城太郎同學呢?你打算怎麼做?」

「我嗎……」

無數的想法在腦海中穿梭來去。如果回到自己的世界,接下來很可能會與正處於人生最低谷的瑚都重逢。縮衣節食存下來讀國立大學的存款、穩定的生活,以及自己眞正想做的事……

對了,如果能脫離穩定路線的常軌,我想成為製作遊戲軟體的人。可是,考慮到惠理和祭財愛一直以來為我過著緊縮的生活,把夢想帶進穩定的生活裡無疑是對他們的背叛。他們會由衷為我選擇這樣的未來感到高興嗎?

城為家人做的選擇,讓眼前的瑚都自責到認為兩人根本不該重逢。

「為了身邊的人而選擇穩定生活,這種想法很有城太郎同學的風格與溫柔。但是,難道不能用你最擅長的人生規劃,去兼顧穩定和夢想嗎?」

「我才不擅長什麼人生規劃呢,連大學都沒考上。」

「還有機會重新來過啊。就像我，以大學挽回了中學考試的失敗。」

瑚都說到這裡，遞出兩張照片給我看。第一張照片中，瑚都笑得似夏花般俏麗，而那個與長得跟我一模一樣的男生則並肩比出勝利手勢。

第二張照片似乎是自拍，瑚都和我，還有惠理、祭財愛四個人緊緊地依偎在小小的照片裡。

「你看看照片背面。浦西善三教授在照片背面寫著，兩年後，由法和大學資訊管理系舉辦的大規模遊戲程式設計比賽。」

她指著我與瑚都的合照。

如果是這所大學的話……確實很難考，但也不是私立大學裡最難考的學校，分數甚至沒有我今年報考——雖然落榜了——的國立大學分數高。或許可以花一整年的時間拚命打工，籌措私立大學的學費，同時保持學習狀態，不讓成績退步。

「謝謝妳，瑚都同學。」

「所以都不要緊了吧？……關於令堂的事。」

「嗯，雖然還不能說已經完全釋懷，但冷靜下來想想，她會左右為難也是理所當然。」

立志成為偶像的十七歲少女，懷了婚外情對象的孩子，與父母處於斷絕往來的狀態。只要沒有這個孩子，自己就能拿到電影的重要角色。惠理當初來東京就是為了追逐這個夢想，結果卻搞婚外情、還懷孕，到底在搞什麼啊！只有自己能守護自己和自己的未來！如果是現在的我，大概會這樣痛罵她一頓吧。

不過，我在這個世界見到功成名就的添槙惠理子，已能痛切地理解惠理犯下錯誤後，悔不當初的心情。雖然理解不等於接受，但我從小到大從惠理身上得到的母愛沒有半點虛假。她總是第一個考慮到我，這點也沒有半點虛假。

「是很寶貴的經驗……嗎？」

「對呀，我刻骨銘心地體認到這個世界不需要我。就算沒有我，也沒有任何人會感到困擾。或許根本沒有任何一個世界需要我。」

「你用很開朗的表情說著很絕望的話呢。」

「或許吧。不過我懂了，其實是我需要這個世界。爲了過上更美好的人生，是我需要有花过瑚都、有媽媽、有弟弟、有朋友的世界。」

在正常情況下無法說出口的話，就像變魔術似地一句接著一句脫口而出。

「哇！添槇城太郎長大了！」

添槇惠理子直言不諱地告訴我，就算逼她在成爲大明星和生下我之間做選擇，她也選不出來。既然如此，不如讓惠理慶幸生下了我，認爲有我的人生比較幸福。

瑚都接著低著頭，表情苦澀地喃喃自語：

「但願活在這個沒有添槇城太郎的世界的花过瑚都，也能得到幸福。我很擔心那孩子。」

「這個世界的瑚都同學一定也會遇到命中注定的人。」

「我也如此相信著。」

「那就好。」

「真實的平行世界還真複雜啊。」

「謝謝妳來到我身邊。」

感謝瑚都請我去她家打工，並且陪在我身邊。

「四年前的我，光是煩惱自己的事就煩惱不過來，所以當時不知城太郎同學也受了很重的傷害，不止是落榜，而是還有其他更深刻的問題。當時與你重逢時，你的神色簡直糟透了。」

所以瑚都才會陪在我身邊。

「但我們都已經挺過來了。」

「對呀。」

「爺爺明天就會過來了，即使沒有我，瑚都一個人也沒問題的。所以我剛才已經跟她說過，也把信交給她了。」瑚都表情有些落寞地笑著說。

這個世界的瑚都每天看著身旁的瑚都，已經知道自己四年後會變得如此健康有活力，光是這樣，應該就足以令她脫胎換骨。

我從口袋裡拿出手機。

瑚都也從口袋拿出手機。我們的手機都只能連上同一個網站。

我們內心懷抱著想回到各自世界的強烈盼望，強到指針都快要破錶了。這是唯一能打開「Another World」網站的方法。

「多保重。」

瑚都將掌心高舉過頭，示意我與她擊掌。

「好！」

我輕拍她的掌心，然後從掌心重疊的角度錯開手指，緊緊握住對方的手。

我低下頭，不想讓她看見我的表情。紛紛擾擾的情緒有如潰堤的洪水，湧向現在與我握手的這個人。一滴眼淚順著朝下的鼻尖，墜落在地面。

長相、性格應該都與我愛的人相去不遠，另一個世界的妳。

我並沒有愛上眼前這個人。在我心中，早已存在著另一股愛意，大概千軍萬馬都無法抵擋這股愛意。然而，若不曾在這個世界遇見妳，我的心情應該無法產生這麼明媚的變化。

「謝謝妳。」

千恩萬謝化為一句話。

「彼此彼此，我才要謝謝你。」

瑚都握住我的手比剛才更用力了些。我抬起頭，只見瑚都另一手拿著手機、手背正緊緊地按住嘴角，視線低垂。

「瑚都同學，恭喜妳，祝妳與城還有即將出生的寶寶幸福美滿。」

「嗯！」

瑚都終於抬起頭來，露出又哭又笑的表情。那是我日思夜想、最喜歡的笑容。

我們默契十足地雙雙放開彼此的手。

「城太郎同學，你要回去了嗎？」

視線落在手中的手機上，同時也看到自己的腳尖。
「啊……」
腳下還踩著我借來一用、不合尺寸的球鞋。
「怎麼了？」
「我先去歸還借來的球鞋，再回自己的世界。」
「你這傢伙還眞奇怪。」
「我先送妳離開。」
瑚都咬住下唇，默默點頭。她以顫抖的食指點擊自己的手機畫面。
過了一會兒，瑚都的身影一點一滴地消融在黑暗裡，不多時便消失得再也看不見。
我站起來，打算將球鞋物歸原主。
在這個世界裡，不僅我沒有出生，杉山伊織也沒有出生。異常的世界說不定並非只有這一個。我突然想起剛才在玉垣裡時，我沒有告訴這個世界的瑚都，另一個世界的杉山伊織有個名叫杉山美織的雙胞胎姊妹。

或許到處都存在著有我沒我、有誰沒誰的世界。

自己究竟存不存在於某個世界，這個問題根本一點都不重要。

因為每個人都只能拚命地活在自己存在的世界裡，活在自己被老天分配到的環境中。

◇◇◇◇◇

彷彿連著好幾天沒睡覺，疲憊感沉甸甸地壓在我的雙肩上。我伸直雙腿，頭低低地靠在牆上。雙眼慢慢有了焦距，率先映入眼簾的，是放在榻榻米上的手機。我拾起手機，點開一看，畫面還停留在大學放榜的網站，網站上沒有我的准考證號碼。

我回來了？回到我離開的那一刻嗎？

我揚起視線，在屋子裡望了一圈，眼前是邊角破了個洞的衣櫃，只有最上面惠理的那一層抽屜掉了出來，日記和電影傳單散落一地。

「我回來了。」

我小聲地說。

我盡可能把惠理的日記和傳單放回原來的地方，將抽屜推回衣櫃裡，再悄悄地打開最下面那層抽屜，取出祭財愛的內衣褲放在矮桌上。

貼上用簽字筆寫下「衣櫃壞了，不要碰」的紙條後，我打算用手機打電話給惠理。我內心頓時感到有些複雜，早這麼做的話就不會發現惠理的日記了。

我拿起背包，穿上球鞋，準備去打工。球鞋感覺重若千金，穿起來好不舒服。

9

「對不起！惠理、祭財愛，我落榜了！」

我跪坐在榻榻米上，雙手合十地向惠理和祭財愛道歉。

「阿城……」

惠理瞪大雙眼，好一會兒處於啞口無言的狀態，然後開始撲簌地啜泣起來。

「惠理抱歉，枉費你們縮衣節食幫我存學費。」

「這本來就是父母該做的事啊。我難過的是，你這麼努力地擠進A判定的門檻，怎麼還會發生這樣失算的悲劇。所以我才說，你也要去考保底的私立大學嘛。」

「嗯……」

惠理確實勸我多考一所學校保底，當時卻被我一口回絕：「家計已經這麼緊縮了，不能再給大家增加負擔。」考場上發生什麼事都不奇怪，我卻認爲自己一定能考上。我眞想詛咒自己的天眞。

後來，我查了很多資料，對於自己的未來心中也已有想法。我打算一面打工，一面在家裡準備重考，希望明年能考上浦西善三教授任教的法和大學資訊管理系數位多媒體組。只要能保持今年的學習狀態，應該沒問題。

可是，準備重考的話，就得多等一年才能出社會工作。而我想讀的大學是私立學校，比國立學校花錢。我原本打算不靠獎學金，但顯然無可避免。

不過相較於直接出社會工作，不惜重考也要上大學的話，將來應該有機會找到更穩定的工作、領到更高的薪水。我內心也湧出想挑戰的激情。如果我告訴惠理，我想去發行《羅塞塔鑽石》的遊戲公司上班，她肯定會大吃一驚吧。

我把食指指尖戳進榻榻米的藺草縫隙裡，在只有五公釐的空間裡撥弄著，一面思考該怎麼說出自己未來的計畫。

這時，惠理突然以戲劇性的動作擦乾眼淚站起來，走到我勉強重新組裝好的衣櫃前，把裝有自己內衣的那層抽屜整個拉出來。我內心悚然一驚——惠理不能讓兒子看到的日記就藏在那裡。

「這個給你，拿去用。」

「這是什麼？」

惠理給我一本體積比日記小很多的存摺。

「應該有一百萬日圓左右。」

「什麼？」

「好了快拿去。這可是我的私房錢喔。」

我順手接過。

「私房錢？」

惠理雙手扠腰，神氣地說：

「沒錯。別看我這樣，我可是再清楚不過，人生就是會發生意料之外的事喔。」

原來如此，所以在我的監督下，惠理還另外準備了一筆錢啊。

我翻開存摺。存摺裡，清楚記錄了每個月的帳戶都風雨無阻地被存入一千五百日圓，除此之外，每半年還會另外再存入兩萬日圓。存摺上只有最新資料，所以無從知曉已有多久的歷史，但從一百多萬日圓的總額來看，惠理恐怕從我出生的那一年就開始存了，所以才有這麼多錢。金額雖小，但從未跳過任何一個月，在這本羅列著工整數字的存摺上，我感受到惠理滿滿的愛。

「有了這筆錢，你就能去上重考班了吧？雖然你說明年一定能考上，但明年也要老老實實地多考一所保底的學校喔。畢竟接下來還有祭財愛，這次絕對不允許再失敗了。」

我不去上重考班啦，這筆錢將會用來填補私立學校的學雜費，不過惠理……

「感激不盡。」

我低下頭，雙手將存摺高舉過頭。

「這是添槇家的口號喔！穩定第一、平凡第二，沒有中間值，夢想排最後。」

惠理用雙手擺出勝利手勢。

「有中間值了，第三就是夢想……」

「咦，眞的嗎？阿城。」

「嗯……」

我手足無措地搔著脖子。穩定與我的夢想要如何分配，才能過上正常的生活呢？

「太好了！我一直很擔心你年紀輕輕，想法卻跟老頭子一樣。」

惠理一把摟住我的脖子歡呼。從客觀的角度來說，我實在非常不想看到這樣的畫面。

「太好了，城！別忘了接下來還有我，你可要加油喔！」

也不曉得祭財愛是不是真懂這句話的意思，他興沖沖地跳到我和惠理身上。

尾聲

那一天，我去新的工作地點打工。明明已經入春，天氣卻依然又冷又陰。

我的工作是去惠理客人的朋友家，當他兒子的家教。看來是惠理擅自拿我的模擬考成績到處宣傳。

不過能換成效率好又輕鬆的打工，我自然是感激不盡。

正當我走到橋前，木材廠的後門映入眼簾。這時，有什麼東西撞上了我的腰側，我心驚地回頭一看——居然是小誠。

「啊！」

眞有此人！我小聲驚呼。

根據我在另一個世界的經驗，接下來，小誠應該會差點被腳踏車撞到。這裡是丁字路，所以當時瑚都是從哪裡走來的？我回想當時的場景，大概是這棟建築物旁的小巷子吧。我瞥過去一眼，視線立刻回到前方，而那個在另一個世界見過的年輕男人，果然已騎著腳踏車逼近眼前。

「危險！」

這次換我牢牢抓住小誠的手，往自己的方向一拉。因爲我已經預料到了。

「咦？」

小誠一臉驚魂未定的表情任由我拉著。

「嚇死人了！小心點啊！」

騎著腳踏車的年輕男子丟下這句話，揚長而去。

我已經拉住小誠了，所以嚇到他的應該不是我們。那他是在罵誰？

我按耐著撲通撲通的心跳，深呼吸回頭看。如我所料，瑚都正一屁股跌坐在地上。
她仍是我高中時好幾次遠遠看到的模樣，沒有化妝，也沒染頭髮，然而整個人卻瘦得不像樣。
如果她與平行世界的二十二歲瑚都走在相同的人生道路上，那她今年應該已經考上了明律學院大學部。另一方面，緒都剛去世。
我牽著小誠，走向連站起來的力氣都沒有的瑚都，在她身邊蹲下來。我的心臟頓時抽痛，非比尋常地疼痛。
我在平行世界遇到兩個瑚都時，都不曾感受到這股痛楚。這也使我確認了一件事。對我而言，小學在神社說過話的這個瑚都，才是我唯一的命定之人。
「沒事吧?有被剛才的腳踏車撞到嗎?」
「……我、我沒事。沒有撞到……幸好腳踏車自己閃開了……」
瑚都抬起頭，視線與我對上，雙眼頓時明顯地睜大。
「妳是花辻瑚都同學吧?」

「嗯……你是添槇同學嗎？」

「是的，好久不見了。」

她還記得我，也知道我是誰。看著憔悴至極的瑚都，我的心臟幾乎快要跳出來。

相較之下，瑚都從再會時就低眉斂眼的雙眸有如木偶似地，毫無情緒波瀾。

「……謝謝你。託添槇同學的福才沒有撞到。」

「大哥哥我可以走了嗎？我還要去小智家啦。」

「啊，抱歉。」

手一直被我牽著的小誠從旁插嘴。我差點忘了他的存在。

一如我已經歷過的流程，沒多久，小誠家鄰居的主婦太太就出現了，用手機打電話給小誠的媽媽，請我們在木材廠的後門前等她來接小誠。

我們等了超過十分鐘。這段期間，瑚都一直低著頭，強打精神站在我旁邊。

河流蜿蜒蛇行，消失在木材廠旁。木材廠之所以蓋在這裡，大概是因爲要用水路運送木材。

「妳先回去吧，這裡有我在，沒問題的。」

明知錯失這次機會，就可能再也沒機會在如此自然的情況下與她取得聯繫，但我實在不忍心看她憔悴地連站都快站不住，忍不住要她先回家。

然而瑚都只是盯著柏油路面，逞強地搖搖頭，表示她也要一起等小誠的媽媽過來。

後來小誠的媽媽來了，詢問我們的聯絡方式，見我們寫在筆記本上後，母子倆就從我們面前離開了。到目前爲止的發展，都跟平行世界的經歷一模一樣。

不過，現在在我身邊的，並不是失去緒都四年後的二十二歲瑚都，而是才剛失去至親的瑚都。更重要的是，她是我怎麼也忘不了的心上人。

眼前是木材廠的後門。

因爲堆滿木材的卡車進進出出，這扇門總是開著。雖然有管理室，但從來沒看到人，可能人員都在木材廠的後院。

我滿腦子只有該怎麼幫助瑚都、如何讓看起來很痛苦的瑚都稍微輕鬆一點的念頭，所以一臉茫然地往前走。

「好壯觀啊……」

瑚都的喃喃自語令我回過神來。曾幾何時，我們已經走進木材廠內。

雖說左右兩旁的圓木交錯地倒放滿地，但堆起來的高度比我們還高，只要躲進去就能輕易藏身；而且因爲跟實際製作木材的工廠主建築距離甚遠，所以很少有人經過。

我頓時大吃一驚，沒想到我們居然走進這麼杳無人煙的地方。我急著想說點什麼，結果思緒就這麼自然而然地脫口而出：

「那個小、小學低年級的時候，我曾經和幾個朋友在這裡玩捉迷藏，被學校發現，害惠理……呃，害我母親被叫去學校。」

「……」

「這裡是我們的祕密基地喔。可是因爲被發現了，學校還發出了通知，事情變得很大條。」

「……這樣啊。」

瑚都的神色瞬間恢復了一點精神，感覺比較像以前的她了。

雖說圓木排列得井然有序，還是有木頭到處突出來。

「是不是很有氣氛？很適合坐一下。」

我率先坐到最下方突出的圓木上。

瑚都如同精疲力盡的旅人，茫然若失地在我身旁的圓木坐下。瑚都坐的地方剛好有一根高度及肩的突出圓木，她幾乎是整個人倒在那根圓木上。

天空灰濛濛的，似乎要下雨了。瑚都怔怔地望著天空，微微轉動脖子，彷彿正以視線追逐排成直線飛過的鳥群。

木材廠的工廠裡發出裁切圓木的噪音，震耳欲聾。我們前腳剛走進去，一輛卡車後腳就到。一整車的圓木乒乒乓乓地滾落地面，音量大到讓人不禁產生木材要戳穿地面的錯覺。

要是能見到瑚都……

從平行世界回來後，我滿腦子都是這個念頭。我有好多話想對她說，想安慰她，想告訴她我大學落榜、決定重考，如果可以的話，我想幫助她。可是當看到失魂落魄、有如空殼的瑚都時，我恍然大悟。如今對她說任何話都沒有意義。

如果我聽到的沒錯，今天應該是緒都和瑚都的生日，所以瑚都才會拖著虛弱的身體，爲了買蛋糕爲緒都慶生，在緒都死後第一次出門。

緒都死後，我連哭都哭不出來。

耳邊縈繞著平行世界的瑚都對我說過的話。

意識到這點時，我終於明白自己爲什麼會在這裡了。

我希望她能哭出來。

從她現在的模樣看得出來，自從緒都死後，眼前的瑚都肯定沒哭過。

我希望她能哭出來。

如果淚水能宣洩內心的痛苦，至少能輕鬆一點。我希望她能哭出來，所以才下意識選擇不會被人看到的地方。

可是我也無法直接告訴她，哭出來會比較舒服。雖然我知道發生什麼事，但瑚都並不知道我知情。

我什麼也做不了，只能像隻呆頭鵝地杵在她旁邊。

不知又過了多久時間。

我最後悄悄地瞥了瑚都一眼，心臟差點停止跳動。因爲瑚都仰望滿天陰霾的雙眸哩，淚水有如斷了線的珍珠紛紛落下。她正在無聲哭泣。

「瑚都同學……我、我會待在這座圓木山的另一側，而且這裡吵得不得了……」

我想告訴她，可以哭出聲音來，即使放聲大哭也沒關係。可惜連這句話我也說不出口。

語聲未落，瑚都大驚失色地轉向我，似乎沒發現自己正在哭泣，用手摸了摸臉頰，錯愕地「欸！」了一聲。領悟到自己哭出來以後，瑚都再也忍不住，雙手掩住嘴巴，整個人往前傾，開始啜泣。她的哭聲如此哀切，令我心痛不已，不禁想陪她一起哭泣。

我想幫她。無論如何都想讓她好過一點。我絞盡腦汁地思考自己現在能做什麼，結論是讓她一個人盡情痛哭。於是我跳下圓木。

「……別走。」

耳邊傳來瑚都微弱的聲音。我倏地停下腳步，難道是我聽錯了？

「留下來陪我……」

「嗯，好……」

「……」

「好，沒問題。我不走，我會陪在妳身邊，一直……一直陪在妳身邊。」

我重新坐回圓木上。除此之外沒有任何我能為她做的事。空氣中木材的味道愈發濃郁，可能是快要下雨了。

瑚都強忍著不發出聲音的啜泣，始終沒有要停止的跡象。

我脫下軍大衣外套，輕輕地披在她身上。瑚都的哽咽聲瞬間增大音量，穿過密布的烏雲，來到遠遙的天際，消散在大氣層中。

《有妳沒有我的世界》全書完

國家圖書館出版品預行編目資料

有妳沒有我的世界 / 倉結 步（くらゆいあゆ）著；緋華璃（Hikari）譯. -- 初版. -- 臺北市：春光, 城邦文化出版：家庭傳媒城邦分公司發行, 2023.01
面； 公分
譯自：君がいて僕はいない
ISBN 978-626-96498-3-9（平裝）

861.57 111017959

有妳沒有我的世界

原 書 名／君がいて僕はいない
作 者／倉結 步（くらゆいあゆ）
譯 者／緋華璃（Hikari）
企劃選書人／何寧
責任編輯／劉瑄

版權行政暨數位業務專員／陳玉鈴
資深版權專員／許儀盈
行銷企劃／陳姿億
行銷業務經理／李振東
總 編 輯／王雪莉
發 行 人／何飛鵬
法律顧問／元禾法律事務所 王子文律師
出 版／春光出版
台北市 104 中山區民生東路二段 141 號 8 樓
電話：(02) 2500-7008 傳真：(02) 2502-7676
部落格：http://stareast.pixnet.net/blog E-mail：stareast_service@cite.com.tw
發 行／英屬蓋曼群島商家庭傳媒股份有限公司城邦分公司
台北市中山區民生東路二段 141 號11 樓
書虫客服服務專線：(02) 2500-7718 / (02) 2500-7719
24小時傳真服務：(02) 2500-1990 / (02) 2500-1991
服務時間：週一至週五上午9:30～12:00，下午13:30～17:00
郵撥帳號：19863813 戶名：書虫股份有限公司
讀者服務信箱E-mail: service@readingclub.com.tw
歡迎光臨城邦讀書花園 網址：www.cite.com.tw
香港發行所／城邦（香港）出版集團有限公司
香港灣仔駱克道 193 號東超商業中心 1 樓
電話：(852) 2508-6231 傳真：(852) 2578-9337
E-mail : hkcite@biznetvigator.com
馬新發行所／城邦（馬新）出版集團 Cite(M)Sdn. Bhd
41, Jalan Radin Anum, Bandar Baru Sri Petaling,
57000 Kuala Lumpur, Malaysia.
Tel: (603) 90563833 Fax:(603) 90576622 E-mail:cite@cite.com.my

封面設計／蕭旭芳
內頁排版／HAMI
印 刷／高典印刷有限公司

■ 2023 年 1 月 5 日初版
■ 2024 年 3 月 8 日初版 4.8 刷
Printed in Taiwan

售價／399元

城邦讀書花園
www.cite.com.tw

ISBN 978-626-96498-3-9

廣　告　回　函
北區郵政管理登記證
台北廣字第000791號
郵資已付，免貼郵票

104 台北市民生東路二段 141 號 11 樓

英屬蓋曼群島商家庭傳媒股份有限公司
城邦分公司

請沿虛線對折，謝謝！

愛情．生活．心靈
閱讀春光，生命從此神采飛揚

春光出版

書號：OT1031	書名：有妳沒有我的世界

請於此處用膠水黏貼

讀者回函卡

謝謝您購買我們出版的書籍！請費心填寫此回函卡，我們將不定期寄上城邦集團最新的出版訊息。亦可掃描 QR CODE，填寫電子版回函卡。

姓名：______________________

性別：☐男　☐女

生日：西元__________年__________月__________日

地址：______________________

聯絡電話：__________　傳真：__________

E-mail：______________________

職業：☐ 1. 學生 ☐ 2. 軍公教 ☐ 3. 服務 ☐ 4. 金融 ☐ 5. 製造 ☐ 6. 資訊

☐ 7. 傳播 ☐ 8. 自由業 ☐ 9. 農漁牧 ☐ 10. 家管 ☐ 11. 退休

☐ 12. 其他 ______________________

您從何種方式得知本書消息？

☐ 1. 書店 ☐ 2. 網路 ☐ 3. 報紙 ☐ 4. 雜誌 ☐ 5. 廣播 ☐ 6. 電視

☐ 7. 親友推薦 ☐ 8. 其他 ______________________

您通常以何種方式購書？

☐ 1. 書店 ☐ 2. 網路 ☐ 3. 傳真訂購 ☐ 4. 郵局劃撥 ☐ 5. 其他 ______

您喜歡閱讀哪些類別的書籍？

☐ 1. 財經商業 ☐ 2. 自然科學 ☐ 3. 歷史 ☐ 4. 法律 ☐ 5. 文學

☐ 6. 休閒旅遊 ☐ 7. 小說 ☐ 8. 人物傳記 ☐ 9. 生活、勵志

☐ 10. 其他 ______________________

請於此處用膠水黏貼